# 중년의 고백

# 중년의 고백

**초판 1쇄 발행** 2015년 11월 15일
**개정판 2쇄 발행** 2022년 10월 1일

**지은이** 이채 · **발행인** 권선복 · **디자인** 김소영 · **전자책** 천훈민 ·
**마케팅** 권보송 · **발행처** 도서출판 행복에너지 · **출판등록** 제315-2011-000035호
**주소** (157-010) 서울특별시 강서구 화곡로 232 · **전화** 0505-613-6133 · **팩스** 0303-0799-1560 ·
**홈페이지** www.happybook.or.kr · **이메일** ksbdata@daum.net

값 18,000원

도서출판 행복에너지는 독자 여러분의 아이디어와 원고 투고를 기다립니다. 책으로 만들기
를 원하는 콘텐츠가 있으신 분은 이메일이나 홈페이지를 통해 간단한 기획서와 기획의도,
연락처 등을 보내주십시오. 행복에너지의 문은 언제나 활짝 열려 있습니다.

이채 제8시집

# 중년의 고백

이채 지음

도서
출판 행복에너지

# 마음이 아름다우니
# 세상이 아름다워라

밉게 보면 잡초 아닌 풀이 없고
곱게 보면 꽃 아닌 사람이 없으되
내가 잡초 되기 싫으니
그대를 꽃으로 볼 일이로다

털려고 들면 먼지 없는 이 없고
덮으려고 들면 못 덮을 허물 없으되
누구의 눈에 들기는 힘들어도
그 눈 밖에 나기는 한순간이더라

귀가 얇은 자는

그 입 또한 가랑잎처럼 가볍고

귀가 두꺼운 자는

그 입 또한 바위처럼 무거운 법

생각이 깊은 자여!

그대는 남의 말을 내 말처럼 하리라


겸손은 사람을 머물게 하고

칭찬은 사람을 가깝게 하고

넓음은 사람을 따르게 하고

깊음은 사람을 감동케 하니

마음이 아름다운 자여!

그대 그 향기에 세상이 아름다워라


이채 시인의 대표작 "마음이 아름다우니 세상이 아름다워라"입니다. 그런데 2012년 4월경부터 어인 일인지 이 시가 "다산 정약용" 선생의 『목민심서』 한 구절로 잘못 유포되었습니다. 역사 속의 저서를 잘못 이해하고 있는 수백만 명의 독자들에게 이 시를 권하고 싶습니다.

추천사

　　나는 이채 7시집 『마음이 아름다우니 세상이 아름다워라』를 성
경 시편과 잠언과 나란히 놓고 조석으로 읽으며 감동을 받고 있습니
다. 역사상 위대한 사람들은 한 구절의 시나 명언, 성경 한 구절에서 죽
비로 등을 후려치는 듯한 깨달음과 뜨거운 감동을 느끼게 합니다. 우
리가 익히 잘 아는 교보생명에서도 1991년부터 광화문 글판에 3개월
에 한 번씩 훌륭한 시 구절을 게시하는데, 지금까지 시인 고은, 정현종,
정호승, 도종환 등 아름답고 교훈적인 글귀들을 대형 글판에 옮겨 많
은 이들의 감성을 일깨우곤 하였습니다.

　　간절히 바라건대 이제 이채의 시도 광화문 글판에 한번 소개되
기를 고대합니다. 가령 이채의 「마음이 아름다우니 세상이 아름다워
라」의 첫 구절인 "밉게 보면 잡초 아닌 풀이 없고/곱게 보면 꽃 아닌 사
람 없으되/내가 잡초 되기 싫으니/그대를 꽃으로 볼 일이로다" 또는
「살다 보면 이런 날이 있습니다」의 마지막 구절인 "세상의 주름은 사람
이 만들고 사람의 주름은 세월이 만든다"와 같은 것이면 좋겠습니다.
나는 제자들의 결혼식 주례를 맡을 때마다 신랑신부의 애틋한 사랑을
돕기 위해 이채 시 「마음이 아름다우니 세상이 아름다워라」를 읽어주
곤 합니다. 그 어떤 설교나 권면보다 감동적이고 오래 기억되는 결혼
축하 시이기 때문입니다.

　　이채는 법학박사이면서도 시인으로서 이미 7권의 시집을 출간했습니다. 그의 시들은 압축되고 절제된 시어를 쓰면서도 음율을 맞춰 음악적이며 항상 가슴을 촉촉이 적셔주고, 영혼을 깨끗이 정화하며 우리 생명의 깊은 곳까지 공명을 일으켜줍니다. 제 생각으로는 김남조, 김소엽, 이해인 등의 시인들과 동렬에 자리매김해야 할 것 같습니다. 그는 오랫동안 중년의 삶과 사랑, 그리움에 대한 여러 편의 시를 창작하여 인생의 정오를 지난 중년들로부터 많은 관심과 사랑을 받아왔습니다.

　　이번에 출간하는 제8시집인 『중년의 고백』에는 약 120편의 시가 수록돼 있는데, 지금까지 시인이 쓴 중년에 관한 시를 한 권의 시집으로 출간함을 진심으로 축하하면서, 우리나라 국민 모두가 중년을 이해하고 중년을 예찬하며 중년의 전성시대를 가꾸기 위해 가정마다 이 시집 한 권씩을 품고 읽어주시기를 제안합니다.

2015. 11.

한남대학교 총장 김 형 태

# 차례

# 중년이라고 사랑을 모르겠는가

중년이라고 사랑을 모르겠는가
모른 척할 뿐이지
이성 앞에 감성이 눈물겨울 때
감성 앞에 이성은 외로울 뿐이지
사랑 앞에 나이 앞에
절제라는 말이 서글프고
책임이라는 말이 무거울 뿐이지

절대로 올 것 같지 않던 세월은
어느새 심산유곡으로 접어든 나이
물소리 한층 깊고
바람소리 더욱 애잔할 때
지저귀는 새소리 못 견디게 아름다워라
봄과 가을 사이
내게도 뜨거운 시절이 있었던가

꽃그늘 아래 붉도록 서 있는 사람이여!
나뭇잎 사연마다 단풍이 물들 때
중년이라고 사랑을 모르겠는가
먼 훗날 당신에게도
청춘의 당신에게도 쓸쓸한 날 오거들랑
빈 주머니에 낙엽 한 장 넣고
빨갛고 노란 꽃길을 걸어보라

당신이 꽃이더냐, 낙엽이더냐

# 중년의 여름밤

화가는 별을 보고 그림을 그리고
시인은 별을 보고 시를 쓰겠지만
나는 별을 보고 추억에 젖습니다

여름이 오고, 또 밤이 오면
밤바람 시원한 창가에서
어린 날의 눈망울처럼
초롱초롱한 별을 바라봅니다

웃고 있어요. 별도 나도
유난히 내 눈에 빛나는 별 하나
나를 알고 있나 봅니다
퍽 오랜만에 만나는 반가운 별
잊지 않고 기억해줘서 고마운 별

밤마다 별을 심은 적이 있었지요
어른이 되면 그 별을 꼭 따오리라 믿으며
우정의 별로 일기를 쓰고
사랑의 별로 편지를 쓰고
소망의 별로 꿈을 꾸던 나이

세월은 흘러도 별은 늙지 않고
어느덧 나는 중년이 되었지요
눈물의 별로 술을 마시고
추억의 별로 커피를 마시는 나이
이제서야 비로소 깨닫게 되었어요

별은 따오는 것이 아니라
그리워하며, 이렇게 그리워하며
그저 바라보는 것이라고.

# 중년의 하루

하늘을 쳐다본 지가 얼마 만인가
땅을 내려다본 지도 꽤 오래인데
하루해 저물기가 힘이 들고
저녁이 쉽게 오지 않는 날엔
숨소리도 맞바람에 부대껴 가팔라만 집니다

욕심 없는 하루건만
세상을, 삶을 몽땅 놓아버리고
모든 걸 잊고 싶은 날엔
더딘 밤은 몹시도 깊고
그 밤의 어둠은 길고도 긴 그림자

이런 밤엔 꿈도 하얗도록 허망하여라
하루만큼 생은 짧아져 가는데
파고드는 상념은
끝도 없이 찾아오는 불청객이네
아, 나는 여태껏 무엇을 위해 살아왔던가

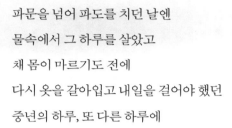

파문을 넘어 파도를 치던 날엔
물속에서 그 하루를 살았고
채 몸이 마르기도 전에
다시 옷을 갈아입고 내일을 걸어야 했던
중년의 하루, 또 다른 하루에

녹지 못하고 얼어버린 가슴앓이가
고드름처럼 맺힌 창문 너머로
뽀얀 아침이 다시
숨을 가다듬고 찾아오면
따뜻한 햇살이여, 새삼 반가운데

등 뒤에서 날마다 부르는
금쪽같은 품 안에 자식을
이제는, 이제는 올려다보며
점점 셀 수 없는
내 흰 머리카락은 과연 몇 개나 될까
아, 오늘은 무엇이 마냥 그리워진다

# 내가 벌써 중년인가

조금도 늦추지 않고
잠시도 멈추지 않는 세월은 빨라
내 나이가 몇인가
내가 벌써 중년인가

젊었을 땐 젊음인 줄 모르고
하루해 짧도록 걸어왔건만
이제, 생의 중턱에 서서
저 산을 바라봐야 할 나이인가

막연하게 살기보다
분명하게 살고 싶었다
지란지교의 인연들과
꽃처럼 별처럼 살고 싶었다

이 한 몸 아낌없이
물인 듯, 불인 듯 살아왔어도
아쉬움이 남고 후회가 많은 날들
그러나 어느 하루도
온전히 나를 위해 살아본 적 있을까

아무도 답해주지 않아도
부르면 들려오는
메아리 같은 세월이여!

아무도 손잡아 주지 않아도
돌아보면 웃음 짓는
내 연인의 피앙새여!

누가 저 세월의 끈을 묶어다오

# 중년엔 당신에게 이런 사랑이고 싶습니다

내가 당신을 위해
한 송이 꽃으로 핀다는 것이
얼마나 어려운 일인지요

내가 당신을 위해
평생을 두고 가꾸어야 할
그 꽃 이름조차 나는 알지 못합니다

그러나 가슴엔 별을 안고 살아온 세월
그 세월에 익은 까만 꽃씨의 무게로
이제는 고개 숙인 숙연함이고 싶습니다

당신의 삶은 엄숙했지요
또한 진지했습니다, 그런 당신에게
작지만 단단한 씨앗이 되고 싶습니다

내 꽃의 향기와 빛깔이 있다면
화려한 장미보다는
은은한 들꽃으로 피고 싶습니다

잔잔한 그 눈빛과 미소로
때로는 연인 같고 때로는 친구 같은
기쁨의 꽃, 행복의 꽃

세월이 깊어가듯 주름도 깊어갈 때
삶의 허전한 여백을 채워줄
믿음의 꽃, 약속의 꽃

또 다른 비바람 속에서도
용기와 위로로 서로를 지켜주는
중년엔 당신에게
아름다운 동행의 꽃으로 피고 싶습니다

# 중년의 아름다움은 깨달음에 있습니다

학문은 배우고 익히면 될 것이나
연륜은 반드시 밥그릇을 비워내야 합니다
그러기에 나이는 그저 먹는 것이 아니지요

중년의 아름다움은 성숙입니다
성숙은 깨달음이요
깨달음엔 지혜를 만나는 길이 있지요

손이 커도 베풀 줄 모른다면
미덕의 수치요
발이 넓어도 머무를 곳 없다면
부덕의 소치라는 것을

지식이 겸손을 모르면
무식만 못하고
높음이 낮춤을 모르면
존경을 받기 어렵다는 것을

세상이 나를 힘들게 하는 것이 아니라
내가 나로 하여 무거운 것임을
세월이 나를 쓸쓸하게 하는 것이 아니라
내가 나로 하여 외로운 것임을

사람의 멋이란
인생의 맛이란
깨닫지 않고는 느낄 수 없는 것

보라
평생을 먹고 사는
저 숟가락이 음식 맛을 알더냐

# 중년의 갈증

1.

처음부터, 나도 모르는
신과의 약속이 있다면
그 약속을 어기고 싶다면 어찌할 텐가
친구와의 약속을 어기고
'미안해'라는 한마디로.
그렇게 얼버무리고 싶다면 어찌할 텐가
나이를 먹는다는 것이
싫다기보다 두려워질 때
한 몇 년만이라도 시간을 붙잡아 놓고
젊음을 연장하고 싶다면
신은 어떤 죄목으로 나를 재판할 것인가

2.
중년의 나이로 살다 보면
가슴이 서늘해지는 외로움에
잠을 깨고, 다시는 잠을 이루지 못하여
몇 번이고 자신을 쓸어내려야 할 때
무작정 달려온 가쁜 숨결은 하얗게 누워
사랑도 자라지 못할 빈 들판 같고
빈 들판의 바람 같고
그 바람의 낙엽 같고
그 낙엽이 흙이 되고 잎이 될 동안
헐벗어 홀로 선 나무 같다

3.
이제는 흉내조차도 낼 수 없는
겁 없이 걸어온 용기가 기특하다
하늘이 무너진다 해도
하늘을 받치고 섰으면 그만이었지
그맘땐 하늘도 가벼웠고
땅도 힘차게 밟고 섰으면
발 아래에서 무게를 잃고 말았지
평생 그렇게 살 줄 알았던
내 평생의 지금은 과연 어디쯤인가
바라보는 것마다 생각은 많고
바라보는 곳마다 점점 먼 것들

4.

우리는 어디를 걸어가든
저녁으로 향하는 길을 가고
그 뜻과 그 하루의 끝에서
우리가 낮 동안 썼던 긴 이야기는
결국 저마다 한 권의 자서전이 되어
기쁨과 슬픔과 그리고 나머지 것들이
정직과 거짓과 그 속의 모순에도
마지막 한 줄을 쓰고
새로운 어딘가를 떠나야 할 때
그곳에서도 그리워하며 바라볼 수 있는
아름다운 별 하나 간직하고 갈 일이다

# 중년의 나이로 살다 보면

인생이란
바람의 옷을 입고
스스로 길을 내며 걸어가는
쓸쓸한 나그네의 모습일까

질주하는 세상은 버겁고
천차만별의 사람들과
살아가는 일 또한 만만치 않아
가질 수 없어도
버릴 수 없는 꿈이여!

의리의 바다에 가슴을 묻고도
인정의 샘물에 목마른 갈증
진실이란 원래 고독한 것인가
믿을 수 있는 한 사람 그리워라

중년의 나이로 살다 보면
이따금 옛 집으로 돌아가
앞마당 뽀얀 햇살에 묻히고 싶다

우물 속에 비친 하늘에서
구름 같은 어머니를 만나고
벗의 웃음소리 들리는
살구나무 꽃그늘 아래에서
세월의 무상함을 잠시 잊어도 좋으리

천 년을 흘러가는 강물에도
짧은 하루해 저물고 나면
나를 찾아가며 저녁을 맞이하고
나를 잊어가며 아침은 또 오는가

# 중년의 나이, 가끔 삶이 고독할 때

천 년을 흘러가는 강물에 비한다면
한 사람의 생은 풀잎 끝에 맺힌 아주 작은 물방울일까
천 년을 떠도는 바람에 비한다면
한 사람의 고뇌는 보이지 않는 먼지에 불과할 거야

그렇다 해도, 정녕 그렇다 해도
세상에 태어나 이름 하나 갖고 살아가기가
참으로 힘들고 곤하노라
가난한 육신을 이끌고 탄생에서 죽음까지 가는 길은
참으로 멀고도 험하여라

나이를 먹을수록
점점 깊어지는 사색은 또 무엇이란 말인가
별이 뜨는 창가에서 부서지는 별 하나를 만나네
그 별은 밤바람에 나뭇잎처럼 내게로 스치고
나는 조용히 눈을 감는다. 그리고
고동치는 내 안의 또 다른 나를 느끼노라

진실만을 사랑하고 싶었다
그러나 늘 그 사랑에 목말라야 했던
내 영혼의 뜨거운 심장 속에서도
용해되지 않는 그것은, 목숨만큼이나 귀한
순수 자유 천지의 세계, 내 생애 마지막 가슴이리라

중년의 나이, 가끔 삶이 고독할 때
나는 아무도 모르게 그 가슴을 만난다

# 중년의 삶이 힘겨울 때

의미 없이 사는 건 아니지만
살다 보면
살아가는 일이 무의미할 때가 있더라

비우고 또 비우라는 말이
정녕 옳은 줄은 알지만
사람 마음이 어디 그러하더냐

잠 없는 밤엔
덮어도 온기 없는 이불이네
어둠이 깊어가듯 고뇌도 깊어갈 때
저 달빛은 무슨 이유로 나를 찾아드는가

이 세상 모든 돌이
황금으로 변한다 한들
나하고 무슨 상관이랴

저 하늘 모든 별이
우르르 쏟아진다 한들
어느 별이 내 것이더냐

나는 세상을 등진 적 없어도
살다 보면
세상이 나를 등질 때가 있더라

# 중년의 당신, 무엇을 꿈꾸는가

풀잎 같은 나를 찾고 싶다
바람처럼 나로 돌아가고 싶다
낮은 곳으로 낮은 곳으로 흘러
천 길 바다 속에서 나를 만나고 싶다

사람 노릇에 나를 잊어도 좋았고
부모 노릇에 나를 버려도 좋았지만
그렇다 해도, 나 늙어
이 한몸 온전히 기댈 수 있을까

뿌린 대로 거둔다고는 하지만
살다 보면, 사람과 사람 사이
진실이라는 말이 불편할 때가 있지
도리라는 말이 귀찮을 때가 있지

내가 나로 돌아가
내가 나를 찾고
내가 나를 만나고 싶은 것은
이제는, 이제부터는
내가 나로 살고 싶은 까닭이다

그리하여 다만,
빚 없는 삶을 살고 싶을 따름이다

# 중년엔 이런 삶이었으면 좋겠습니다

한 백 리 천 리 걷고 걷다보면
걸음이 무거워 생각마저 멈추고 싶을 때
짧기엔 너무 긴 삶일지라도
쉬어가는 느티나무 아래에서
목메이는 노래 한 자락 부르다가
먼 산 메아리 되돌아와 물으면
그래도 이 세상, 이 한 세상
아름답다고 말할 수 있었으면

붉게 물든 서산 노을빛은
못 잊을 연인의 옷자락처럼 고운데
청춘은 어느새 석양의 새 한 마리
길기엔 너무 짧은 삶일지라도
그 시절 그 만남, 다시 와 손 내밀면
외롭다거나 그립다는 말 대신
그래도 한평생, 그런대로
그럭저럭 살 만하다고 웃을 수 있었으면

어느덧 날은 저물고
이 내 가슴에도 어둠이 깃들면
못다 한 이야기 강물 위에 뿌리고
돌아서는 길 위에 눈물 떨굴지라도
저녁 바람에 흔들리는 갈대가 물으면
그래도 사는 일, 살아가는 일
행복하다고 말할 수 있었으면

마음먹어도 갈 수 없는 길 있더이다
가자고 작정해도 못 갈 길 있더이다
가다가다 다 못 가고 주저앉을 때
긴 그림자로 누운 노송이나 되어
어느 여름날 당신의 그늘이 될 수 있다면
어느 겨울날 세월의 바람막이 될 수 있다면
그것으로 나의 의미는 충분하다고.

# 중년의 고백

1.
내가 원하는 세상은
너도 잘 살고
나도 잘 사는 것인데
내가 아는 세상은
네가 잘 살면
내가 잘 살 수 없으니
어릴 적 타던 시소가 생각나
네가 내려가야 내가 올라가지


2.
'믿는 자에게 복이 있나니'
이 말이 진리인 듯싶어서
하느님을 담보로
세상을 믿고
사람을 믿었는데
믿는 도끼에 발등 찍히더라
찍힌 내가 잘못이냐

찍은 네가 잘못이냐
하느님!
믿음엔 왜 차용증이 없나요?


3.
살다 보면
마음대로 안 되는 것이
한두 가지겠는가마는
그중 제일이 자식 농사더라
직업의 귀천이 없다 해도 있고
돈이 별거 아니라 해도 별거더라
평범하게 살기에도 힘겨운 세상
천금 같은 자식아!
행복하게 잘 살아 주길 바라는 마음
네가 부모 되면 이 마음 알아줄까
하긴 나도
올챙이 적 생각 못하는 개구리가 아니던가

4.

살다가 살다가
사랑하는 당신아!
어느 날 문득 다른 마음 먹는다면
행여라도 나 몰래 그런 생각 가진다면
나의 체온이 식어버린 탓인가요
나의 가슴이 건조해진 탓인가요
바람 앞에 눈 못 뜰 때
눈에 뵈는 게 있으리오만
먼 훗날 세월이 약이라고
약처럼 나를 가루로 만들지는 마세요


5.

나이를 먹고 싶어 먹은 사람이
어디 있을까. 나이만큼
내가 비운 밥그릇 세어 보니
그 숫자에 감개가 무량하네
그래도 한 가닥 위안인 것은
그럭저럭 밥값은 지불한 듯싶어

저만큼 키워놓은 자식이 그렇고
방실방실 웃어주는 아내가 그렇고
두 다리 뻗고 자는 내가 그렇다


6.
하루 해 저물면 집으로 돌아가듯
한 해 저물면 고향으로 돌아가듯
한 세상 저물면 흙으로 돌아가리
유명의 별은 못 되더라도
무명의 꽃은 되고 싶었다
별이든 꽃이든
노을 앞에선 누구나 허무한 인생
그러고 보니
욕심 낼 것도, 싸울 일도 없구나

7.

빌린 것은 다 갚았는데

빌려준 것은 다 돌려받지 못했네

줄 때는 앉아서 줬어도

받을 때는 서서 받아야 한다는 걸

순진하게, 아니 바보같이

세상 양심이 그런 줄 미처 몰랐네

죽을 때까지 배워도

다 못 배우는 인생 공부

어쨌거나

밑지는 삶이 마음은 편하더라

8.
내 마음 움직이기도 어려운데
남의 마음 움직이기는 더욱 어렵지
내게 주어진 운명이라면
신의 뜻에 맡길 수밖에.
그렇다 해도
하루하루 섭섭할 때가 있더라
꿈이여, 당신이 그러했다
사랑이여, 당신이 또 그러했다
사람이여, 당신도 그러하지 않았는가

9.

지나가는 아가씨를
힐긋힐긋 쳐다본다고
나를 이상한 사람으로 여기지 마라
그것이 남자다
몸이 늙었다고 마음마저 늙었으랴
태초에 조물주가
남자와 여자의 사고를 똑같이 만들었다면
신문 기사는 반으로 줄 것이고
세상 이야기는 재미없지 않을까

10.

진짜가 가짜 같고
가짜가 진짜 같은
그렇고 그런 것이 세상이라지만
사람과 사람 사이
거짓을 골라내고 나면
진실은 몇 개나 남을까

# 중년의 당신을 사랑하고 있다면

당신이 나와 마주친 건 눈빛이었는지 몰라도
내가 당신과 마주친 건 가슴이었습니다
당신이 내게 건넨 건 커피였어도
내가 당신과 마신 건 마음이었습니다

우연히 만난 당신이 운명처럼 다가올 때
누구도 어쩌지 못하는 감정의 소용돌이
당신의 강물에 조각배를 띄우고
출렁이는 물결 따라 노를 젓습니다

당신의 밤이 내게로 오고
나의 밤이 당신 곁에 잠들 때
어둠 속 고요는 당신의 침묵일지 몰라도
창문 흔드는 바람 소리는 쓸쓸한 나의 고백

첫사랑도
풋사랑도 아닌
아, 어쩌란 말인가
중년의 당신을 사랑하고 있다면

마른 가슴 적시는 건 당신의 이슬인가요
젖은 가슴 맺히는 건 나의 눈물입니다
아픔이 될지라도 꿈이긴 싫어
하늘은 눈을 감아 주세요

# 중년의 밤이 깊어갈 때

적막의 길모퉁이에 나는 내려지고
시간이 어둠의 중심에 놓여 있음을 알았을 때
흐린 기억을 밟고 서 있는 부피가 나의 전부였을 때
초로의 불빛 같은 간절함을 느껴본 적이 있는가


그 길에서 내 숨결이 차갑게 얼어가고
나는 또 누구의 밤을 지키는 어둠으로 깊어가는가
시린 바람으로 불어오는 무게에 양 어깨가 뻐근할 때
창밖에 서 있는 겨울나무의 심정이 이러할까


홀로 깊어가는 안색은 추워도
그저 아름다운 빛깔로 슬픔을 이겨내는 자태
한마디로 말할 수 없는 사색의 고요함이
마치 촛불처럼 지새우는 심정이라면 이해할까


저 홀로 흔들리는 바람을 쓸어안고
또 무엇을 꿈꾸며 그리워할 것인가
털어도 다 털 수 없는 것이 사람의 마음이요
담아도 다 담을 수 없는 것이 세상살이요
다만 남은 시간이 그리 길지 않음을 알 뿐이다

# 중년에 아름다운 당신을 사랑합니다

어부는 바다를 알아야 했기에
파도의 가슴을 지녀야 했을 것이고
농부는 땅을 알아야 했기에
흙의 가슴을 지녀야 했을 것입니다

한 세상을 살아가기 위해
당신은 만 가지 가슴을 지녀야 했겠지요
연습 없는 단 한 번의 생을 살아내기 위해
세상은 당신을 몰라도
당신은 세상을 알아야 했겠지요

먹구름 하늘 비는
당신의 눈물을 키우고
이 땅의 멈추지 않는 바람은
당신의 마음을 한없이 약하게 만들었어도

인내의 무게로 물을 견디고
지혜의 깊이로 바람을 뉘며
삶의 철학으로 어둠을 딛고 걸어와
캄캄한 밤하늘 별로 뜨는 당신

그런 당신의
인내를 사랑하고
지혜를 사랑하고
철학을 사랑하고
삶을 사랑합니다

무엇보다
굴복 아닌 극복으로
절망 아닌 희망으로
소중한 자아를 지켜온
중년에 아름다운 당신의 나이를 사랑합니다

# 중년엔 가슴에서 꽃이 피어요

많이 산 것은 아니지만
그렇다고
적게 산 것도 아닌 나이

아픔 속에서도 참을 수 있었던 건
슬픔 속에서도 웃을 수 있었던 건
나를 사랑하는 사람과
내가 사랑하는 사람이 있기 때문입니다

나를 잊은 듯 살아왔지요
나를 버린 듯 살아왔지요. 그러나
바람 속에서도 피고 싶었던
꽃잎의 보이지 않는 눈물을 아시나요

추억이 강물처럼 밀려올 때면
눈가에 어리는 촉촉한 이슬은
그리움인가요. 외로움인가요
왠지 모를 허전함은 또 무엇인가요

이렇게 하늘 푸른 날이면
조용히 눈을 감고 생각에 잠겨요
그리고 꿈을 꾸어요. 꽃 꿈을…
풀잎 같은 시절의 하얀 구름이 되어

젊은 것은 아니지만
그렇다고
늙은 것도 아닌 나이

연분홍 가슴으로 시를 읽고
파초잎 마음으로 음악을 듣노라면
중년엔 가슴에서 꽃이 피어요
알록달록 그리움의 꽃이 피어요

# 중년의 나이에도 어머니가 그립습니다

어머니
당신이 구름 위에 계신다면
사계절 비가 되어
하늘까지 닿는 무지개다리를 놓겠습니다

어머니
당신이 강 건너 계신다면
꿈에라도 나룻배 되어
밤낮으로 노를 저어 그 강을 건너가겠습니다

그 아침의 햇살 같고
그 햇살의 풀잎 같고
그 풀잎의 이슬 같은
온화하고도 인자하시던 어머니

당신은 힘들어도
한 마디 내색조차 없으시던
부모 노릇이
어찌하여 제게는 이다지도 힘이 드는 겁니까

가끔 삶의 무게를 내려놓고 싶을 때면

어린 새가 날고

철부지 아이가 동화책을 읽는

그 숲에서, 아늑한 그 숲에서

가슴 터지도록 그리운 당신을 불러봅니다

# 중년에 맞이하는 어버이날

자식의 입장보다 부모의 입장에서
사람과 사물을 생각하는 일이 점점 많아지고
자식의 불만보다 부모의 섭섭함이
더 절실해지는 나이, 이제서야 철이 드나 봅니다

당신도 그러하셨지요
평생을 기다리는 희망이 바로 자식이 아니었던가요
당신의 작은 울타리 안에서
간간히 지나가는 발자국 소리에 귀 기울이며
무엇인가를 평생 기다리며 살지 않았던가요

아버지의 하늘이 그냥 높을 리 없고
어머니의 바다가 그냥 깊을 리 없으련만
그 높이에 닿을 수 없고
그 깊이를 볼 수 없으니
내가 부모 되어도 당신의 마음을 헤아리지 못합니다

당신의 소박한 웃음에는
날마다 자식을 향한 사랑이 흐르고
당신의 감춰진 눈물 속에서
나는 오늘도 신의 기도를 듣습니다

# 중년의 삶이 아름다운 것은

슬기로운 잎과 지혜의 향기가
마치 한 그루 노송과 같은 당신
당신의 연륜이 존중받는 것은
높이가 아닌 깊이 때문입니다
부피가 아닌 무게 때문입니다

중년의 당신이 아름다운 것은
물질의 풍요가 곧
마음의 풍요는 아니라는 것을
나누고 베푸는 사랑이
얼마나 큰 기쁨인가를
삶의 깊이로 느끼며
세월의 무게로 터득한 까닭입니다

원칙에 충실하되
자신의 의견만을 고집하지 않으며
관대는 중용에서 비롯되니
때로는 타협의 노선도 필요하다는 것을
이해와 양보의 미덕을 아는 까닭입니다

파도를 건디지 않고는
진주를 캘 수 없으며
바람을 만나지 않고는
꽃을 피울 수 없다는 것을
참아낸 눈물에서 값진 의미를 배웠습니다

중년의 삶이 아름다운 당신이여!
한 알의 열매를 맺기 위해서
당신의 삶은 또 얼마나 뜨거워야 했던가요

다가서면 저만치 다가서는 만큼 멀어지는
꿈은 늘 무지개 같은 아련함이어도
중년의 나이에는 깨달음이 있습니다
행복은 멀리 있지 않으며
또한 큰 열매도 아니라는 것을
오직 가꾸고 보살피는 내 안의 작은 보람

하여, 삶은 결코
혁명도 쿠데타도 아니라는 것을…

# 중년의 독백, 나도 누구처럼

나도 누구처럼
손금이 닳도록 잘 비볐더라면
지금보다 잘 살지 누가 아는가
비빈다는 것, 아무나 하나
타고나야지
나는 그렇다손 치더라도
날 닮은 아들 녀석이 걱정이네
다른 건 몰라도
잘 비비라는 말
그 말만은 차마 못하겠네

나도 누구처럼
반쯤은 갖고 태어났더라면
조상을 원망하는 것이 아니라
이를테면 그렇다는 말이다
살다보면 세상만사
불공평할 때가 있더라
하다못해, 나보다
공부도 못하고 얼굴도 못생긴
동창 녀석은 애인이 있더라

가질 수 없는 꿈을 꾸며

넘을 수 없는 울타리 밖에서

발버둥 치며 매달리고 애태워도

삶의 목표가 살아남는 것이 돼버렸다면

반올림해도 기쁨일 수 없는

산다는 것은 무기 없는 전쟁인가

내가 슬픈 건 나 때문이 아니다

내 삶의 현주소를 대물림해야 하는

아득한 미래, 해답 없는 미래

이 한숨 내려놓을 날 있을까

# 중년에 만난 당신을 사랑하고

당신을 만난 것은 너무 늦은 시간이었어요
마음은 하나였어도
함께 걸어가기엔 난해한 길이었고
해는 저물지 않았어도
서로를 바라보기엔 조금은 어두웠어요

불빛이 켜지는 동안의 두려움에도
걷잡을 수 없이 사랑하고 싶었고
불빛이 꺼지는 순간의 보고픔에
견딜 수 없어 차라리 눈을 감았지만
그렇다 해도 오래 머무를 수 없는 서로였지요

진즉에 만나지 못한 당신을 사랑하고도
애써 태연한 척했지만
사람을 보내야 하는 사람의 슬픔에
밤은 짙은 어둠의 낭떠러지에서
차가운 별바람을 뿌리고 있었어요

끝내 놓을 수밖에 없었던
손이 참 따뜻했던 당신이여!
그 후 한동안 열병을 앓고도
조용히 부르고 섰으면
메아리도 그리운 목소리여!

가끔 싸늘한 밤이면
당신의 이불을 덮고 잠이 듭니다

# 중년의 당신에게 띄우는 편지

당신이 지켜온 삶은
신화의 역사이고 지혜의 백서입니다
당신이 빚어낸 사랑은
달만 한 예술이고 별만 한 창조입니다

당신의 눈망울에 비친
별들의 일기장엔 진실이 숨 쉬고
미완의 여정에서
또 하나의 예술을 창조하는 중입니다

별들의 일기장에 빼곡히 앉은
당신의 귀한 사랑 고이고이 모았더니
세월은 꼭 반인데
나는 전설의 당신만을 추억하고
그림자는 기억하지 않기로 했습니다

보세요

읽어 보세요

당신의 일기장에

울면서 피는 꽃들의 이야기를

웃으면서 다시 뜨는 별들의 노래를

# 중년에 잊을 수 없는 당신

술 한 잔으로 달래기엔
당신을 사랑한 세월이 너무 길고
커피 한 잔으로 그리워하기엔
당신을 사랑한 가슴이 너무 깊습니다

내 탓이든 네 탓이든
상처 하나 없이 지는 낙엽이 어디 있으랴
당신 앞에선 빨갛게 물들었어도
돌아선 내 눈물은 푸른 강물이었습니다

당신이 웃지만 않았어도
잠깐 울다가 그쳤을 터인데
당신을 안지만 않았어도
조금 아프다가 말았을 터인데

당신이 웃었기에 꽃이 피었지
당신을 안았기에 잊을 수 없지
아, 아
그날 밤 고백을 듣지만 않았어도

어느 세월에
너무 많이 사랑해 버린 당신은
어느 계절에
피고 지는 꽃잎의 추억인가

# 중년의 당신, 오늘 힘드십니까

인생이 꽃놀이가 아니라는 것을
모르는 것은 아니지만
오늘처럼 살아가는 일이 힘겨울 땐
세상만사 다 잊어버리고
어디론가 홀쩍 떠나고 싶겠지요

한평생 걸어가는 이 길이
어찌 평온하기만을 바라겠는가 마는
오늘처럼 삶의 무게가 버거울 땐
권리보다 의무가 많은 나이
책임이라는 말이 가슴을 짓누르겠지요

꿈꾸는 당신,
살아내기 위해, 살아남기 위해
알량한 자존심쯤이야
애당초 버리기로 작정했다지만
희망마저 버릴 수야 없질 않습니까

의지의 당신,
오늘의 걸림돌이
내일의 디딤돌이 될 것이로되
이 밤, 새우잠을 자더라도
부디 고래꿈을 꾸소서

# 중년의 명절

말이 없다 해서 할 말이 없겠는가
마음이 복잡하니 생각이 많을 수밖에
고향 산마루에 걸터앉아
쓸쓸한 바람 소리 듣노라니
험난한 세상, 힘겨운 삶일지라도
그저 정직하게 욕심 없이 살라고 합니다

어진 목소리, 메아리 같은 그 말씀
가슴 깊이 새기며 살아왔기에
떳떳할 수 있고 후회 또한 없다지만
이렇게 명절이 다가오면
기쁨보다는 착찹한 심정 어쩔 수 없습니다

부모, 형제 귀한 줄 뉘 모르겠는가마는
자식 노릇, 부모 노릇
나이가 들수록
어른 노릇, 사람 노릇
참으로 생각처럼 쉽지만은 않습니다

세상은 뜻과 같지 아니하고
삶이란 마음 같지 아니하니
강물 같은 세월에 묻혀버린
내 젊은 날의 별빛 같은 꿈이여!
올해도 빈손으로 맞이하는 명절
그래도 고향 생각 설레어 잠 못 들까 합니다

# 중년의 추석

고향에 가야 추석인가 보네
지상에서 가장 착한 별과
지상에서 가장 어린 달이 뜨는
고향에 가야 비로소 나를 볼 수 있네

빨갛게 익은 감나무 아래에서
수북이 쌓인 감잎으로
살아온 날들의 외로움을 묻고 싶다네
그 진한 흙내음으로
몇 겹의 가슴인들 못 묻으랴

오래 살수록
주름이 늘고 깊어가는 사람이여!
살면 살수록
울고 싶은 일도 많아지는 것일까

고향집 뒤뜰을 돌아서던 날
그 뜨거운 눈물을 잊을 수 없다네
고향 산천을 생각만 해도
가슴 찡한 눈물이 고여오는 것은
어느새 나도 늙어가는 탓이리

너무 오래도록
너무 멀리 떨어져 살아왔어도
추석이 오면 고향이 그리워지네
그 언덕 푸르던 밤톨 같던 벗들아!
추석이 오는 이맘때면
너도 나처럼 고향이 그립더냐

# 중년의 보름달

보름달은 여전히 크고 둥근데
나이가 들수록
사람의 마음은 왜 이렇게 작아지는가
모난 세상에서도 둥글게 살고 싶었고
힘든 삶이라도 밝게 살고 싶었건만
해마다 이맘때가 되면
생각은 많아지고 왠지 모를 눈물이 납니다

어릴 적 모습은 기억에서 가물거리고
나보다 훌쩍 커버린 자식 앞에서
추억에 젖어들기엔 오늘도 무거운 현실
부모님께 다하지 못한 효도와
자식에게 잘해주지 못한 미안함으로
추석이 오면 더욱 가슴이 아파옵니다

살다 보면 좀 나아지겠지 하는
기대와 희망도 다만 기대와 희망일 뿐
올해도 한잎 두잎 떨어지는 쓸쓸한 낙엽
삶은 결코 달관할 수 없고
세상을 결코 이길 수 없다 해도
중년에도 남아 있는 달빛 젖은 꿈 하나

돌아갈 수 없는 세월이 그립고
살아갈 날은 더욱 허무할지라도
묵묵히 나의 삶에 충실하다 보면
언젠가는 내 마음에도 보름달이 뜨겠지요
먼 훗날 넉넉한 생애 보금자리에서
환히 비추는 그 보름달을 만나고 싶습니다

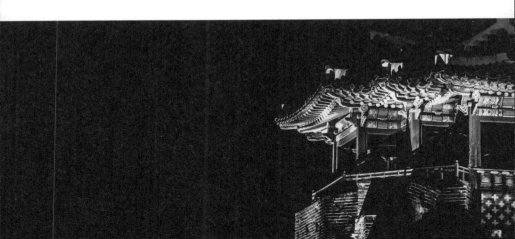

## 중년의 가을밤

가을은 고독의 숲을 지나
잠시 머무는 사색의 바람과도 같은 것
이때 우리는 부서진 별을 안고
떠나간 옛 애인의 눈물을 기억해야 하네

여미는 옷깃은 외롭고
한때의 사랑이 낙엽처럼 흩어질 때
중년이여! 우리는 우리가 아는
가장 쓸쓸한 노래를 불러야 하네

사랑이 결코 인생의 성좌가 아니라면
당신은 왜 별빛으로 젖어드는가
이별이 더 이상 사랑의 무덤이 아니라면
낙엽은 왜 가슴으로 쌓이는가

천지간에 홀로라는 서글픔만
눈을 감아도 떨쳐버릴 수 없을 때
이 저녁 황량한 갈대숲을 지나
중년이여! 우리는 또 어디로 가야 하나

그래, 눈물이 아니라도 쓸쓸한 밤이다
꼭, 상처가 아니라도 아픈 밤이다
소리도 없이 울어야 하는 밤이라면
이제 그만 당신을 재우고 싶다

# 중년이기에 가질 수 없었던 너

이 세월 살도록
가질 수 없었던 것이
어디 너 하나뿐이더냐
이제서야 말이지만, 난
나 자신조차도 가질 수 없었다
중년이기에
사랑하고도 보낼 수밖에
그래도 잊을 수 없어
그림자로 묶어둔 네 뒤로
더 짙은 숲의 그늘을 보았지
있어도 없어야 하는 너였기에
그 숲 그늘에서
울지 못하는 새가 되어
바람가지 사이로 하늘만 쳐다보았다
긴 한숨 소리가 새어나와
숲이 우는 소리
윙윙 들리는 바람 소리
나뭇잎이 흔들리는 소리
네가 그토록 불었던 것이더냐

너 또한 나처럼
중년이기에
가질 수 없었던 나였기에
나 대신 네가
그날 밤 그렇게도 울었던 것이더냐

# 중년에 쓸쓸함이 찾아오면

가끔 지나온 뒷모습을 바라보면
저녁에 만나는 바람은 영 쓸쓸하고
해지는 언덕의 새는
늘 어디론가 떠나는데
다시 찾아와 노을 한자락 물들이는
어제, 그 수많은 어제들

돌아갈 수만 있다면
정말로 그럴 수만 있다면
다시 저 산을 넘는데도
이제는 울지 않겠노라고
정말로 그럴 수 없음이라
공연히 핀 꽃이 저녁 하늘만 물들이네

이젠 바람도 낮게 불리라
그러면 좀 더 가벼워지리라
꽃들에게도 가끔은 할 말이 없어지고
새들에게도 말을 건네지 못할 때면
가랑잎 하나에도 무엇이 내려앉아
밤 깊도록 낙엽만 숭숭한 가슴이네

꽃도 지고 나면, 피는 일 또한
그리움이더라
외로움이더라
그렇게 아픈 것이더라
중년에 쓸쓸함이 찾아오면
사는 것 또한 허무하기 짝이 없더라

# 중년이 쓸쓸해질 때


산다는 건 이렇게 낙엽 한 잎으로 남는 것이더냐
그 많은 씨앗은 어느 밭에 뿌리고
그 많은 나뭇잎은 다 어디로 사라지고
바람 불면 날아갈 얇은 가슴 한 장으로 남는 것이더냐

중년의 문턱에 들어서면
봄에도 가을이 서고
쓸쓸한 가을에 낙엽 지는 소리 들리네
찬바람 불고 눈이 내린다

달빛도 추운 그 밤을 위하여
사랑 하나 마련하지 못한
인생이란 처음부터 빈 가방인 것을
무엇을 담으려고 그토록 힘겹게 걸어왔더냐

언젠가 내 영혼에도 하얗게 눈이 덮이겠지
누가 안개꽃 안고
내 무덤 앞에서 바람처럼 손잡아 줄까

아, 살아온 날보다 살아갈 날은
얼마나 짧은 가벼움인가. 아니 긴 무거움
가끔은 홀로 울어야 함을 안다

# 중년의 비는 그리움인가 외로움인가

말을 마라
반백 년 세월의 비가
인생의 강물로 흐를 때
그 가슴이 멀쩡하겠는가

묻지를 마라
슬퍼도 울지 못하고
울어도 눈물이 없을 때
그 마음이 오죽하겠는가

생각을 마라
살다 보면
돌아가고 싶지 않은 그런 날 있겠지만
그런 날이 있기에 오늘이 있겠지

걱정을 마라
죽을만큼 힘겨운 시절도
돌아보면 한 차례 소나기일 뿐
너 없이는 못 살 것 같던 사랑도
세월 가면 잊혀지게 마련이더라

삶이 깊어가듯
빗소리도 깊어갈 때
그리움인지 외로움인지
허전한 마음 빈 가슴으로
젖은 바람만 앉았다 가네

# 비가 오면 중년의 가슴에도 비가 내리네

사람답게 살고 싶었다
세상의 꽃은 못 되더라고
사람의 향기만은 나누고 싶었고
시대의 별은 못 되더라도
사람의 도리만은 다하고 싶었다

산다는 건
절반의 외로움인가, 아니
절반의 두려움
세상이 나를 몰라주듯
나 또한 세상을 몰랐었네

나보다 영악하고
나보다 잘난 세상에서
인생, 아,
때로는 바보처럼 살고 싶었다
한 번쯤 천재처럼 살고 싶었다
바보도 천재도 아닌 지금
오늘처럼 비가 오면
천근만근 젖어드는 빗소리에
중년의 가슴에도 세월의 비가 내리네

# 중년의 가슴에 봄바람이 불면

눈이 작다고 하늘을 못 보랴
가슴이 작다고 너 하나야 못 안으랴
어서 오너라 사랑이여!
산내들 살랑살랑 봄바람이 불면
마음은 꽃으로 피고 생각은 창가에 머무네

아카시아 꽃향기 유혹하는 봄 밤
별잎 하나 입에 물고
보고 싶은 사람아!
나를 향해 웃어주면 누가 뭐라더냐
나이를 먹었다고 그리움을 모르랴

봄은 너처럼 오고
너는 꽃처럼 피어도
홀로 걷는 이 길은 뒤척이는 풀 이파리
내게도 찾아오는 것이 있을까
아직도 기다림이 남아 있을까

중년의 가슴에 봄바람이 불면
오고 가며 스치는
소문만 무성한 사랑 이야기 말고
너와 내가 못 잊어
하얗게 달 뜨는 옛 이야기 나누고파

# 중년의 가슴에 사랑이 꽃필 때

봄꽃처럼 예쁜
애인 하나 있었으면 좋겠네
살랑살랑 꽃바람이 불어오면
중년의 호수에도 피어나는 물보라

몸은 예전만 못해도
마음은 청춘이니 나무라지 마라
인생이란 가는 날까지
꽃피는 봄이요, 꿈꾸는 희망이다

너와 내가
알록달록 봄꽃으로 피어
꽃잎 스친 인연이고 싶어
아기자기 이야기꽃을 피우며
세월을 잊고 싶어

오는 봄은 오더라도
가는 봄은 어이하리
허망한 인생길에도
아무 일 없이 꽃은 피고 지고

# 중년의 가슴에 눈물이 흐를 때

꽃 같은 삶을 원했기에
추위를 견뎌야 했습니다
무지개 같은 삶을 바랐기에
비에 젖어야 했습니다

강물 같은 세월의 바람에도
이슬처럼 살아온 반백 년 인생
울지 않고는 태어날 수 없는 이유
그 이유를 이제 조금 알 것도 같습니다

아무 것도 가질 수 없다 해도
어느 것도 버릴 수 없을 때
흘러가는 구름을 바라보다가
무심한 하늘에게 눈물을 보였습니다

꽃잎 속에 나비 같은 꿈이 있어도
바람 속에 나그네 같은 외로움이야
고독한 눈물은 강으로 흘러서
왜, 왜 밤마다 빛나는 별이 되는가

# 중년엔 이렇게 살고 싶습니다

중년이 되고 보니
점점 많아지는 것은 생각이요
점점 깊어지는 것도 생각입니다
산다는 것, 살아간다는 것
결코 단순한 것은 아니지만
그렇다고 복잡할 것도 없는 것을
이제는 그 중턱에서 자신을 돌아보며
높은 곳보다 따뜻한 곳에서
머리보다 가슴으로 살고 싶습니다

중년이 되고 보니
다가오는 것은 그리움이요
느껴지는 것은 외로움입니다
살아내는 일, 살아남는 일은 고독하여
끝내 홀로일 수밖에 없는 존재라 해도
말보다 진솔한 마음으로
고운 인연들과 끈끈한 정을 주고받으며
삶의 축복과 감사의 기쁨이 샘솟는
하늘빛 맑은 샘터 하나 간직하고 싶습니다

비운다 해도 다 비울 수 없고
낮추려 하면 더 오르고 싶은 욕망
그것으로 자신을 구속하며 고뇌하며
잡을 수 없는 무지개를 놓치고
못내 가슴 아파했던 기억
중년이 되고 보니
삶의 상처는 세월로 치유할 수밖에 없다는
비로소 연륜이 일깨워주는 진리

푸른 강가의 하얀 조약돌처럼
둥글게 다듬어진 모습으로
마음과 마음, 몸과 몸을 기대며 살고 싶습니다
바람 한 점에도 눈물을 섞으며
세월의 파도를 이겨내던 당신과 나
그 오랜 밀물과 썰물 같은 날들의
슬픔과 아픔까지 사랑하며 살고 싶습니다

# 중년에 찾아온 당신

당신! 어디서 무얼 하다
이제서야 날 찾아오십니까

짝 잃은 철새처럼
이리저리 방황하다
아직도 난 둥지가 없습니다

오후의 쓸쓸한 가슴으로
당신이 올 줄 알고
많은 것을 준비해 두었습니다

끝없이 외롭고
멀기만 한 여정의 길
이제 중년의 역에서 당신을 만났습니다

그리움과 외로움의 세월 속에서도
아무도 자리하지 않던 가슴
이제 당신과 함께 갈등 없이 살겠습니다

당신!
거친 손이지만
내 손을 잡아 주지 않겠습니까

당신의 희망의 손과
나의 인고의 손을 잡고
아늑한 둥지를 틀고 싶습니다

중년에 찾아온 당신
중년에 찾아온 소중한 당신
당신을 영원히 사랑하겠습니다

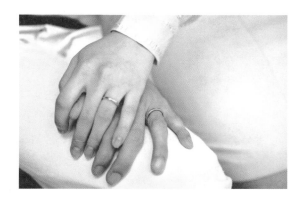

# 중년의 꽃

나도 한때는 청춘의 장미였다
촉촉이 물오른 가지마다
여린 가시가 돋친 싱그런 빨간 장미
바람도 내 곁을 지날 때는 조심스러웠지

이제는 중년의 꽃으로 살고 싶다
아침 햇살에 감사하며
저녁 휴식에 또 감사하며
하늘 아래, 땅으로 사는 낮은 마음으로
욕심 없는 소박한 삶의 꽃을 피우고 싶다

봄이 겨울보다 짧은 이유와
꽃이 피고 지는 자연의 이치에
더욱 고요히 흐르는 물소리로
내 인생의 사계절을 걸어가야 하리

조용히 눈을 감고
내 안의 종소리에 귀 기울이며
겉보기의 화려함보다
참 고운 인연들과 함께 어울릴 수 있는
내면의 편안함을 지닐 수 있다면

서로의 다름을 인정하며
'그럴 수 있어'라고 고개를 끄덕일 때
나의 다름도 이해받을 수 있으리
살아가면서 용서할 수 없는 일 또한
그리 많지 않다는 것을

자신을 학대하는 것만큼
비참한 일은 없으며
나쁜 기억을 오래 간직하는 것만큼
어리석은 일도 없다는 것을
누구를 미워하기보다
아름다운 용서의 길을 선택한다면
그것 하나만으로도
가장 진실한 꽃으로 피는 것이라고

장미가 아름다운 공원을 거닐며
젊은 날의 추억에 젖어보는 것도
살아 있으므로 가능하지 않은가
바람이 흔들면 흔들려 주리라
비가 오면 젖어 주리라
바람 없고 비 없는 인생이 어디 있으랴

# 중년의 나무

누구나 자신만의 나무가 있습니다
정성을 다해 가꾸고 보살피는
세상에 태어나면서부터
연한 잎새들의 꿈이 자라는
삶의 나무

비에 젖고
바람에 흔들리면서도
참아낸 눈물자국이
결이 고운 나이테로 새겨진
인내의 나무

어느새 중년의 나이
이웃 나무의 아픔에도 귀 기울이며
각양각색의 바람과
여유롭게 웃으며 이야기를 나누는
믿음직한 성숙의 뿌리로 자랐습니다

이따금 살아가는 일이 힘겨울 때면
그 푸른 나무 아래에 서 봅니다
춤추듯 나부끼는 잎새들의 몸짓에
지나온 세월을 가다듬으며
좀 더 견뎌내리라는 굳은 약속으로

혼신의 힘을 다하는 생애 불꽃에도
때로는 꺼져 갈 것만 같은 불안감
어쩔 수 없이 겪어야 하는
삶은 고뇌의 연속일지라도
새로운 각오로 다시 서 보는
중년의 나무 아래에서, 오늘도
한 그루 소망의 나무를 심습니다

# 중년의 가슴에 1월이 오면

시작이라는 말은
내일의 희망을 주고
처음이라는 말은
사람의 마음을 설레게 하지요

두려움 없이
용기를 갖고 꿈을 키울 때
그대, 중년들이여!
꿈이 있는 당신은 늙지 않습니다

뜻이 있어도 펼치지 아니하면
문은 열리지 아니하고
발이 있어도 걷지 아니하면
길은 가지 않습니다

책이 있어도 읽지 아니하면
무지를 면치 못하고
뜰이 있어도 가꾸지 아니하면
꽃은 피지 않겠지요

부지런한 사람에겐 하루해가 짧아도
게으른 사람에겐 긴 하루가 지루해
생각은 있어도 실천이 없다면
애당초 없는 생각과 무엇이 다를까요

다시 돌아가
처음으로 돌아가
그대, 중년들이여!
'이 나이에 뭘 하겠어'라는
포기의 말은 하지 않기로 해요

# 중년의 가슴에 2월이 오면

삶이 한 그루 나무라면
나는 뿌리일 게다
뿌리가 빛을 탐하더냐
행여라도 내 삶의 전부가
꽃의 표정이라고는 생각하지 마

꽃이 필 때까지
나는 차가운 슬픔의 눈물이었어
잎이 돋을 때까지
나는 쓰라린 아픔의 몸부림인 걸

알고 있니
나무가 겨울일 때
뿌리는 숨결마저 얼어붙는다는 걸
꽁꽁 얼어버린 암흑 속에서
더 낮아져야 함을
더 깊어져야 함을 깨닫곤 하지

힘겨울수록
한층 더 강인해지는 나를 발견해
그 어떤 시련도
내 꿈을 빼앗아가진 못하지

삶이 한 그루 나무라면
나는 분명 뿌리일 게다
뿌리가 흙을 탓하더냐
다만 겨울을 견뎌야 봄이 옴을 알 뿐이지

# 중년의 가슴에 3월이 오면

꽃은 사람이 좋아
자꾸만 피는가
사람은 꽃이 좋아
사랑을 하네

내 나이를 묻지 마라
꽃은 나이가 없고
사랑은 늙음을 모르지

그러나
꽃의 아픔을 모른다면
사랑의 슬픔을 모른다면
쓸데없이 먹은 나이가
진정 부끄럽지 않은가

# 중년의 가슴에 4월이 오면

꽃이 예쁘기로
앞서고 뒤서지 아니하니
4월의 꽃이여!
중년의 꽃이라고 꽃마저 중년이랴

내 꽃의 빛깔이 바래지 않는 것은
한때의 청춘이 그리운 까닭이요
내 꽃의 향기가 시들지 않는 것은
아직도 살 날이 남아 있는 까닭이다

구름은 흘러도 흔적이 없고
바람은 불어도 자취가 없건만
구름 같고 바람 같은 인생아!
왜,
사람의 주름은 늘어만 가는가

꽃이 예쁘기로
피었다 아니 질 수 없으니
4월의 꽃이여!
그대, 젊음을 낭비하지 마오
지나고 보니
반백 년 세월도 짧기만 하더이다

# 중년의 가슴에 5월이 오면

나이가 들수록
홀로 머무는 시간이 많아지고
가슴을 지닌 사람이 그리워지네

사람은 많아도
사람이 없는 세상에서
내가 알던 사람들은
지천에 꽃잎으로 흩날리는데
우리는 아무렇지도 않게
쉬이 작별을 하며 살아가는가

너와 내가
어느 날의 비에 젖어
채 마르지 않은 몸이라 할지라도
다시 피는 꽃이 되어
향기를 나누고 싶은 간절함이여!
다시 서는 나무가 되어
지나는 바람 편에 안부라도 전해 볼까

피고 지는 일만이 일생은 아니거늘
내가 알지 못하는 동안
꽃들도 서글픈 이야기를 하는가

꽃만 두고 가는 세월이여!
중년의 가슴에 5월이 오면
인생의 오솔길에 꽃잎만 쌓여가네

# 중년의 가슴에 6월이 오면

사는 일이 힘들어도
아니 살 수 없는 사람이여!
저 바람인들 불고 싶어서 불겠는가마는
성숙이 아니라면
하늘 비는 어느 땅을 적셔야 하리

세상이 야속하고
사람이 섭섭해도
해님은 마냥 눈부시고
꽃들은 그저 웃기만 하는데
아침의 신부는 다만 공허한 저녁이네

나무를 보고 숲을 알지 못하고
숲을 보고 산을 말하지 못하니
한평생 부르는 사람의 노래가
한낱 새소리만 못함이던가

물을 보고 강을 헤아리지 못하고
강을 보고 세월을 가늠치 못하니
인간사 제아무리 위대하여도
자연만 못함이더라

# 중년의 가슴에 7월이 오면

탓하지 마라
바람이 있기에 꽃이 피고
꽃이 져야 열매가 있거늘
떨어진 꽃잎 주워들고 울지 마라

저 숲, 저 푸른 숲에 고요히 앉은
한 마리 새야, 부디 울지 마라
인생이란 희극도 비극도 아닌 것을
산다는 건 그 어떤 이유도 없음이야

세상이 내게 들려준 이야기는
부와 명예일지 몰라도
세월이 내게 물려준 유산은
정직과 감사였다네

불지 않으면 바람이 아니고
늙지 않으면 사람이 아니고
가지 않으면 세월이 아니지

세상엔 그 어떤 것도 무한하지 않아
아득한 구름 속으로
아득히 흘러간 내 젊은 한때도
그저 통속하는 세월의 한 장면일 뿐이지

그대,
초월이라는 말을 아시는가!

# 중년의 가슴에 8월이 오면

한 줄기 바람도 없이
걸어가는 나그네가 어디 있으랴
한 방울 눈물도 없이
살아가는 인생이 어디 있으랴

여름 소나기처럼
인생에도 소나기가 있고
태풍이 불고 해일이 일 듯
삶에도 그런 날이 있겠지만

인생이 짧든 길든
하늘은 다시 푸르고
구름은 아무 일 없이 흘러가는데
사람으로 태어나
사람의 이름으로 살아가는 사람이여,
무슨 두려움이 있겠는가

물소리에서
흘러간 세월이 느껴지고
바람소리에서
삶의 고뇌가 묻어나는
중년의 가슴에 8월이 오면
녹음처럼 그 깊어감이 아름답노라

# 중년의 가슴에 9월이 오면

사랑하는 사람이여!
강산에 달이 뜨니
달빛에 어리는 사람이여!
계절은 가고 또 오건만
가고 또 오지 않는 무심한 사람이여!

내 당신 사랑하기에
이른 봄꽃은 피고
내 당신 그리워하기에
초가을 단풍은 물드는가

낮과 밤이 뒤바뀐다 해도
동과 서가 뒤집힌다 해도
그 시절 그 사랑 다시 올 리 만무하니
한 잎의 사연마다 붉어지는 눈시울

차면 기우는 것이 어디 달 뿐이랴
당신과 나의 사랑이 그러하고
당신과 나의 삶이 그러하니
흘러간 세월이 그저 그립기만 하여라

## 중년의 가슴에 10월이 오면

내 인생에도 곧 10월이 오겠지
그때 나는 어떤 모습일까
드높은 하늘처럼
황금빛 들녘처럼
나 그렇게 평화롭고 넉넉할 수 있을까

쌓은 덕이 있고
깨달은 뜻이 있다면
마땅히 어른 대접을 받겠으나
그렇지 아니하면
속절없이 나이만 먹은
한낱 늙은이에 불과하겠지

스스로를 충고하고
스스로를 가르치는
내가 나의 스승이 될 수 있다면
갈고 닦은 연륜의 지혜로
내가 나를 지배할 수 있다면

홀로 왔다
홀로 가는 것이 인생이라지만
모든 푸른 잎은 떠나가도
나무는 살아있듯
모든 젊음은 떠나가도
내 안에 더 깊은 나로 살아갈 수 있다면

내 인생에도 곧 10월이 오겠지
그때 나는 어떤 빛깔일까
빨간 단풍잎일까
노란 은행잎일까
이 가을처럼 나 아름다울 수 있을까

# 중년의 가슴에 11월이 오면

청춘의 푸른 잎도 지고 나면 낙엽이라
애당초 만물엔 정함이 없다 해도
사람이 사람인 까닭에
나, 이렇게 늙어감이 쓸쓸하노라

어느 하루도 소용없는 날 없었건만
이제 와 여기 앉았거늘
바람은 웬 말이 그리도 많으냐
천 년을 불고가도 지칠 줄을 모르네

보란 듯이 이룬 것은 없어도
열심히 산다고 살았다
가시밭길은 살펴가며
어두운 길은 밝혀가며
때로는 갈림길에서
두려움과 외로움에 잠 없는 밤이 많아

하고많은 세상일도 웃고 나면 그만이라
착하게 살고 싶었다
늙지 않는 산처럼
늙지 않는 물처럼
늙지 않는 별처럼

아, 나 이렇게 늙어갈 줄 몰랐노라

# 중년의 가슴에 12월이 오면

높다고 해서
반드시 명산이 아니듯
나이가 많다고 해서
반드시 어른이 아니지요

가려서 볼 줄 알고
새겨서 들을 줄 아는
세월이 일깨워 준 연륜의 지혜로
판단이 그르지 않는 사람이라면

성숙이라 함은
높임이 아니라 낮춤이라는 것을
채움이 아니라 비움이라는 것을
스스로 넓어지고 깊어질 줄 아는 사람이라면

새벽 강가
홀로 날으는 새처럼 고요하고
저녁 하늘
홍갈색 노을빛처럼 아름다운 중년이여!

한 해, 또 한 해를 보내는 12월이 오면
인생의 무상함을 서글퍼하기보다
깨닫고 또 깨닫는
삶의 교훈이 거름처럼 쌓여가니
내 나이 한 살 더하여도 행복하노라

# 중년이라고 이러면 안 됩니까

중년이라고 흔들리면 안 됩니까
마음조차 세월은 아닐진대
벌거벗은 바람에
흔들리는 마음을 어찌합니까

그리움 반
아쉬움 반
미련 반
희망 반
안아줄 사랑도 반은 남았습니다

중년이라고 꽃이 피면 안 됩니까
세월조차 마음은 아닐진대
뜨거운 가슴에
때깔 고운 꽃바람이 일렁입니다
그대 꽃에 머물다
가장 예쁜 빛깔을 보고
가장 고운 향기를 맡고
스스로 황홀하여 돌아서지 못합니다

바람도 부는 걸 잊은 채
단잠 든 그대 숲에
노닐다 가는데

뭉클한 가슴 볼을 부비며
오늘 밤 그대와 나
별로 뜨는 꿈을 꾸면 안 됩니까

중년이라고 이러면 안 됩니까

# 중년이라고 그리움을 모르겠습니까

햇살 고운 아침엔
오후의 쓸쓸한 바람을 알지 못했고
준비 없이 나선 길에서
비를 만날 줄 몰랐다면
이것이 곧 인생이 아니겠습니까

한 줄기 실바람에도
홀로 앉은 마음이 불어대고
소리 없는 가랑비에
빗장 지른 가슴까지 젖었다면
이것이 곧 사랑이 아니겠습니까

많은 것이 스쳐가고
잊을 만치 지나온 여정에서
저 강물에 던져 버린 추억들이
아쉬움에 또다시 출렁일 때
중년이라고 그리움을 모르겠습니까

흐르는 달빛 따라 돌아오는 길에

가슴 아팠던 눈물

길가 모퉁이

아무렇게나 굴러다니는

돌부리를 적시고

불현듯 걸음을 세울 때

중년의 가슴에도 눈물이 고입니다


삶은 저만치 앞질러 가는데

중년은 아직도 아침에 서서

석양에 걸린 노을이 붉게 타는 이유

그 이유로 하여 가슴이 뜨겁습니다

# 중년에 사랑이 온다면 어쩌겠습니까

수정같이 맑은 눈빛은 아니더라도
허기진 가슴에 단수 같은 한모금으로
뜨거운 태양은 아니더라도
그늘진 표정에 한줌 햇살 같은
포근함으로

꽃처럼 어여쁜진 않아도
시든 풀잎에 아침 이슬 같은 촉촉함으로
세련된 감각은 아니더라도
수수한 자태에 여유로운 미소로

부담스럽지 않는 옷매무새에
함박꽃처럼 피어나는 웃음으로
어제의 긴장을
내일의 위안으로 풀어주는 편안함으로

과거를 몰라도 좋고
미래를 염려하지 않아도 좋을 사람이
새로울 것도
상쾌할 것도 없는 반복의 하루 안에
아무도 찾아 올 줄 몰랐던
인생의 정오를 지난 중년의 어느 날

빈터에 홀로 핀 들꽃, 들꽃처럼
간밤에 이슬방울로 맺은 인연처럼
중년에 사랑이 온다면 당신은 어쩌겠습니까

# 중년에 마시는 술

그 바다 건너와서도
잠시 고르지 못하는 호흡으로
술잔을 듭니다

젖은 길에 누워 흐르는
노래 한 자락
술잔 속에 부어 마시면

손에 든 잔만으로도
어깨가 무거워
이 밤 말고도 많은 밤들이
날 하찮게 만들더이다

그 세월 달려와서도
잠시 앉지 못하는 척박함이
쓴 술잔을 기울이지만

바지 자락 붙들고 놓지 않는
사람의 애와 증에
걸은 걸음만큼이나
등 뒤에 선 그림자도 무겁더이다

어둠이 내 세월만큼
밤길의 절반을 걷고 있습니다


술이 잠을 청하면
눈을 감고
술이 고독을 부르면
가슴을 닫고


술이 사랑에 취하면
따르다 만 사랑에 잔을 채울 것입니다


가슴으로 마시는 중년의 술은
사람이 술에 취하는 것이 아니라
술이 사람에 취할 때가 있습니다

# 중년에 부는 바람

봄에 피는 꽃만 꽃이 아니고
한여름 태양만 뜨거운 것이 아니라오

중년에 부는 바람이라고
바람마저 중년은 아니겠지요

중년에 부는 바람이기에
쉽게 잠재울 수 없는지도 모른다오

중년에 부는 바람에도
꽃이 피고
새가 나는 걸 어쩌겠어요

중년에 부는 바람은
바람 탓이 아니고
중년 탓도 아니라오

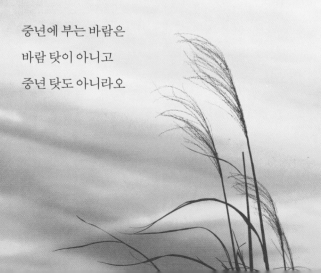

술은 취해야 제 맛이고
노래는 불러야 제 맛이고
행복은 누려야 제 맛이고
기분은 좋아야 제 맛인데
바람도 불어야 제 맛인걸요

불지 않는 바람은 바람이 아니지요

중년에 부는 바람은
바람 탓이 아니고
중년 탓도 아니라오
바람은 불어야 제 맛, 그 탓이라오

중년에도
바람이 부는 걸 어쩌겠어요 그저 모른 척할 뿐이라오

# 사랑은 중년이라고 피할 수 없다

비가 언제 거리를 두고 내리던가
시간도 없이, 간격도 없이
우산을 쓴다고 내리는 비를 막을 수 있던가
다만 피할 수 있을 뿐이지

햇살이 닿지 않는 곳이 있던가
깊은 계곡 우거진 숲으로
천지 같은 가슴, 그 후미진 곳에
스스로 그늘을 만들 수밖에 없었지

사랑이 어디 나이를 묻고 오던가
한 겹 또 한 겹, 눈 깜짝할 사이
한마디 허락도 없이
유수 같은 세월이 저 홀로 먹었을 뿐이지

사랑이 중년이라고 비껴가던가
걸음이 바빠도 차마 다가갈 수 없고
가슴이 넘쳐도 끝내 담을 수도 없는 사랑
눈물을 흘리며 아무도 몰래 가슴에 묻었을 뿐이지

# 중년이라고 사랑을 하면 안 됩니까

무뚝뚝한 가슴을 넘어
월담을 한 당신 때문에
나의 잠이 가루가 되었습니다

이리저리 뒤척여 봐도
잠을 부수기에 충분한 모습
눈을 씻어도
눈을 감아도

다가갈 수 없는 나의 밤과
다가올 수 없는 당신의 밤이
슬프도록 조각난 달빛으로 흘러도

오직 사랑이라는 이름으로
어둠의 긴 터널을 지나
오아시스를 찾아 헤맬 때

삶에 익숙해진 차돌 같던 가슴이
포근한 당신 품에서
고스란히 부서질 것 같습니다

예감치 못한 사랑의 희열만큼이나
두려움과 갈등을 감당키 어려워도

애써 모른 척하는 가슴엔
한 가닥 불같은 청춘이 남아 있습니다
아름다움 속의 편안함과
연륜 속의 원숙함과
때 묻지 않은 순수한 당신의 모습은
은하의 하얀 별빛으로 흘러

지우려 해도
지우려 해도
도무지 지울 수가 없습니다

밤마다 매달린 눈물의 대화가
먼 훗날 후회와 아픔이 되어
서로의 행복을 유린한다 해도
나는 당신을 놓치고 싶지 않습니다

이런 당신과
중년이라고 사랑을 하면 안 됩니까

# 중년의 나이에도

내 나이 스무 살 땐
사십의 여자는 여자도 아닌 줄 알았다
내 나이 서른 살 땐
오십의 남자는 무슨 재미로 사는가 했다

멈춰 서서 하늘을 보니
흘러가는 구름은 그대로인데
스치는 바람만 휑하니 소슬하여
문득 도둑맞은 듯한 세월이구나

오늘은 창문을 열어볼까
다시 온 계절은 아름답기만 한데
중년이란 나이, 그 쓸쓸함에 대하여
흘러가는 구름에게 이 마음 전해볼까

사십의 여자도
오십의 남자도
노을빛이 내려앉은 언덕을 바라보며
초저녁 별 잎에 입맞춤을 한단다

# 중년의 어느 날

중년의 어느 날
적당히 풀어헤친 이성 사이로
조금은 늘어진 감성이 불어오면
이럴 땐 어떻게 해야 하나요

모른 척 그냥 보내자니
타는 가슴 어디로도 피할 길 없고
화달짝 안아 보자니
바람의 무게에 고스란히 무너질 것 같은데
이럴 땐 정말 어떻게 해야 하나요

중년의 어느 날
한번쯤 스친 듯한 바람이 불어오면
이성도 감성도
나뭇잎처럼 자꾸만 흔들리는데

떠날 수도
머물 수도 없어
등 뒤에서 숨어 우는 바람소리 들리나요

인연이니
필연이니
그런 거 다 웃기는 얘기로만 알았는데

운명이니
숙명이니
나하곤 상관없는 얘기로만 알았는데…

# 중년의 그 사랑에는 상처를 피한 흔적이 있다

당신을 만난 적이 없어야 하고
당신에 대해 아는 것이 없어야 하네

한때는 당신과의 사랑을
기도하고
애달파하고
가슴 속 진주가 되어 살았고
그런 당신의 바다에 떠 있는
하얀 샛별이었다네

한순간 진실로 행복한 꿈이었네
꿈인 줄도 모르고 꿈을 꾸는
상처를 피한 한때의 사랑이 그러했네

만난 적이 없어야 하고
아는 것이 없어야 하는 당신과의 사랑을
아직도 꿈을 꾸고 그리워할 때
사랑은 상처를 피하여
참으로 두꺼운 옷을 입고 살아야 하네

겹겹이 껴입어도 춥기만 한 살갗으로
비수 같은 바람이 불면
아무도 모르는 비밀한 방
그 문을 열고 들어가 사랑을 만나고
고독으로 푸른 눈물을 보낼 때
또다시 가슴을 굳게 잠가야 하는 침묵은
당신을 사랑한 적도 없어야 하네

슬프고도 슬픈 작별은
눈을 감고 삼켜야 하는 눈물과
가슴으로 울컥 잠긴 울음뿐이라네

당신을 만난 적이 없어야 하고
당신에 대해 아는 것이 없어야 하고
당신을 사랑한 적도 없어야 하는
중년의 그 사랑에는 상처를 피한 흔적이 있다

# 중년에 떠나는 여행

말없이 왔다가
말없이 간 것에 대해
의미였다가
무의미로 돌려진 것에 대해
쓸쓸함이란 언제나 그렇듯이
반쯤은 마음을 쓸고 지나간다

빈 곳의 공허함이란
색다른 풍경을 채색하기보다
남겨진 여백을 마저 그려내고 싶은
정오를 막 지난 생의 연민이리라

고독함과
아주 가끔은 철저히 외로운 것에 대해
정체를 알 수 없는 허전함에 대해
지난 것들을 되짚고 보고
또 다른 내일이 염려되어 질 때
적당히 취한 술 기운에 기댄
용기를 빌리고 싶은 날들
홀로 여행을 떠나고 싶다

무엇으로도 털어낼 수 없는 외로움이
가슴을 저미게 만들고
말없이 간 것에 대한 미련과
무의미로 돌려진 것들이
잠시라도 마음을 아프게 한다

꿈속에서도 잠들지 않는
생의 애착이어도
내일을 적당히 무의미하게 만드는
포기를 배우고
또 다른 아침
해가 뜨지 않아도 좋을
세월 밖의 시간 속으로
중년에 홀로 여행을 떠나고 싶다

# 중년에도 사랑을 꿈꾼다

반은 흐리고
반은 맑은 어느 날의 하늘처럼
삶과 사랑의 간이역에서
누구를 기다리는 시간 앞에
잠시라도 뽀얀 안개빛 사랑을 꿈꾼다

비가 오면 비에 젖고
눈이 오면 눈에 덮인
세월의 물살에 쓸리고 쓸린 가슴이어도
때론 초로의 나그네 되어
방랑을 꿈꾸는 사랑을 하고 싶다

늘 짊어진 하루의 무게마저
미련 없이 내려놓고
알지 못하는 그 누구라도 좋으리
단 한번 스치지 않았어도
서로의 가슴을 채워 줄 사랑이라면

따뜻한 눈빛만으로도
서로의 가치를 짐작할 수 있고
원숙한 가슴으로 진실을 읽을 줄 아는
중년의 세월, 그 간이역에서
한번쯤 은은한 안개꽃 사랑을 꿈꾼다

달빛도 내리지 않고
별빛도 다녀가지 않는
그 어느 날 밤의 외로움과 고독처럼
멀고도 먼 혼자만의 길에서
때론 중년에도 누구와 사랑을 꿈꾼다

별빛도 다녀가지 않는
그 어느 날 밤의 외로움과 고독처럼
멀고도 먼 혼자만의 길에서
때론 중년에도 누구와 사랑을 꿈꾼다

# 중년에 사랑이 찾아온다면

당신의 새가 되어
종일 나뭇가지에 앉아 지저귀는 일이라면
당신의 꽃이 되어
날마다 방긋방긋 웃으며 피는 일이라면
누군들 마다할 이유 있겠는가

당신과 다정하게 팔짱을 끼고
바람소리 들으며 호숫가를 거닐다가
유유한 물결 위에 나뭇잎 배 띄우고
당신과 함께 노 젓는 일이라면
언젠들 고단할 이유 있겠는가

세상의 눈이 심상치 아니하고
세월의 바람이 예전과 다르다 하여도
중년에 사랑이 찾아온다면
보다 가슴 떨릴 일 또 있을까마는
이제 와 새삼 저 산 너머 꽃무지개 뜨기라도 할까

얼지 않은 땅이면
어디에도 꽃이 피는데
살며시 꽃바람이 앉았다 가는 데야
일렁이는 그 가슴 따로 있을까마는
녹녹한 중년의 뜰에 때깔 고운 꽃망울 피기라도 할까

중년에 사랑이 찾아온다면
마음 같아서야 열 번이고 백 번이고
새소리 아늑한 숲 속
사랑의 집 한 채 짓고도 싶지만
언제고 한번이라도 내 마음대로 살아 본 적 있던가
눈물을 머금고 내 깊은 가슴 숲에 묻어 놔두리

# 중년에 아름다운 당신

깊어서 고요한 것이 있다면
바다만이 아닐 것이며
넓어서 편안한 것이 있다면
하늘만이 아닐 것입니다
중년에 아름다운 당신의
눈빛이 그러하고 가슴이 그러하고
중년에 온화한 당신의
표정이 그러하고 생각이 그러합니다

세월의 오랜 정을 소중히 여기고
진실한 마음의 참됨을 알기에
문득 그리워지는 사람 하나
어둠 속 별이 되어 빛날 때

깊어도 때로는 외롭던가요
외롭다가 슬프기도 한 눈빛으로
흘러도 보이지 않는 가슴 속 눈물
중년에 아름다운 당신의 모습입니다

떠나간 이름 하나
긴 하루로 남았던 기억
어느 날 너와 나의 만남이
엷은 꽃잎으로 다시 피어날 때

넓어도 때로는 그립던가요
타다 남은 불씨에 실바람이 불어오면
달래고 재우는 버들잎 손길
중년에 아름다운 당신의 마음입니다

가고 오는 세월은 유수 같아라
부질없는 욕심을 버리고 나니
한줄기 노을빛이 더욱 아름다워
중년인 내 나이를 사랑하렵니다

# 중년의 눈물

이제서야 철이 드는 것인가
가랑잎 하나에도 눈물이 나고
한 줄기 바람에도 외로움이 스치는데
삶이여, 사랑이여
그것으로 하여 슬픔이 있었고
그것으로 하여 기쁨이 있었지만
지나온 세월을 밤낮없이 지켜보며
가슴으로 비를 내리던 저 하늘은 무엇이며
철 따라 꽃을 피우는 이 땅은 또 무엇인가

사는 게 무엇인지 비로소 알았는가
굽이굽이 마음 두고 왔어도
내 가슴에 들어 있는 이 누구이며
내 마음 알아줄 이 누구이던가
오래된 가슴을 보았다면
오래된 우물처럼 깊도록 고여 있는
오래된 슬픔도 보았는가
그렇다면 그 눈물의 의미도 알겠는가
이제 내 가슴에 차라리 나를 묻노라

오늘은 모처럼 길도 한적하고
이 저녁엔 바람도 따스하니
잊을만한 추억의 강에 강물이 출렁이네
우연히 이 강가에서 당신을 다시 만나
유유히 흐르는 나뭇잎 배라도 타고
출렁이는 저 물결 위로
아쉬운 삶이여, 그리운 사람이여
이 세상 끝까지 노를 저으며 가고 싶구나
젓고 저어서 이 세상 끝까지는 갈 수 있어도
다시는, 다시는 돌아갈 수는 없는 삶이여!

# 중년에도 봄바람이 분다

하루를 말끔히 씻고 나면
왠지 나이도 씻은 것 같아
거울 앞에 선 내 모습이
아직은 근사하다

저녁바람에도 봄은 실려 오고
오늘은 아무 걱정도 없이 누웠는데
문이 열린 채
오래된 마음은 누구를 만나러 갔는지
그가 돌아올 때까지 잠이 오질 않는다
막무가내로 아직은
젊은 탓인가
봄인 탓인가

이 나이에도 봄바람이 부나 보다
이런 날 혼자 누워 있으면
나뭇잎이 바람을 그리워하듯
아득한 누군가가 문득 그리워지는
봄밤 벚꽃 흐드러진 창가에
참 오래도록 기억나는 그 사람은
언제 왔는지
잊었던 풍경 한 장 그리고 서 있다

# 중년의 외로움

다 채워도 허공은 남고
다 담아도 한구석이 비어 있는
외로움, 외로운 것들아
아낌없이 받아 줄
사람 하나 여태 갖지 못했구나

외딴집에 머무는 홀로가 되는 동안
담장 너머 떡잎 한 장에 실려 오는
가득한 생각은 차라리 무색인데
아직 날 기억해 줄 한 사람
너조차 여기는 없구나

이대로 저물어 노을이 내리고
그 후 밤이 오는 동안
후미진 바람이 찾아와 잠을 청할 외로움아
세상에 빚진 것 없으니
무엇을 끌어안고 잠이 든들
나무랄 사람 하나 없는 것도 외로움이다

하기야 아리따운 숙녀가 찾아와
노크를 한다고 해서
청춘을 돌려받을 리 없겠지만
따지고 보면
눈물 없이
외로움 없이 살 수 있었다면
내 무슨 재미로 꿈을 꾸었겠는가

나이를 먹는다는 것
꿈을 먹고
외로움을 먹는 것일 게다

# 중년의 꿈

저녁 어스름에 공원을 찾았는데
한 노부부가 산책을 즐기며 걷고 있었다
그들은 마치 데이트를 하는 연인 같았고
주변의 공기는
채 어둠을 입지 않은 회색빛
똑같이 입은 그들의 티셔츠와 아주 잘 어울렸다
초저녁 바람에 무성한 잎이 흔들리는
얼만큼 큰 나무 옆에서
손을 잡고 걸어가는 노부부를 바라보며
흔들리는 나뭇잎을 바라보며
나는 떨리는 기도를 했다

나무가 잎을 만나는 인연처럼
사랑하고
잎이 바람을 맞이하는 용기처럼
살아내고
바람을 뉘고 재우는 꽃의 향기처럼
아름답고 싶다고…

산책을 마친 노부부가

공원입구의 큰 나무 옆으로 다가오더니

'이보오, 아마도 이 나무가 우리 나이쯤 된 것 같소'

# 중년의 당신, 어디쯤 서 있는가

1

나를 알기도 전에
세상을 먼저 알아야 했던가
무엇이 진실이고
무엇이 거짓인지
때로 세상은 내게 엉터리였다
내가 세상과 주고받았던 많은 일들은
매운바람의 덫에 걸려
꽃으로 피고 싶었던 삶의 가지마다
시시때때로 매섭게 불어왔지만
그로 인하여 내가 운 것은
단지 세끼를 얻고자 함이 아니고
떳떳한 나의 존재와 그 가치 때문이었는데
이렇게라도 설 수 있는 것은
엉터리 같은 세상에서도
엉터리로 살고 싶지 않은
아직은 남아 있는 한 조각 순수일 것이며
아름답기만을 소망한 여정이
진실이 비추는 길을 따라 걷고 싶었기 때문이다

2

알아도 알아도 알 수 없는

세상 돌아가는 이야기

심지어 나 자신마저도 속일 수밖에

그렇지 않았더라면

내게 얼마나 더 큰 아픔이 주어졌을까

누구나 한 번쯤 자신을 속여보지 않은 사람 있더냐고

번번이 세상은 내게 비굴을 요구했다

삶의 집을 짓기 위해서

억척스럽게 하루를 살아내도

많은 것이 부족했고

그래서 많은 것이 필요하다고 여겼지만

그 또한 허락되지 않는 몫이었을까

새는 날개를 접으며

휘파람 소리를 내며 울고 있었는데

그것은 더 이상 자신을 속여가며

얻고 싶지 않았던 가치 앞에

내 자존을 지키기 위한 뜨거운 몸부림이었으리라

3

묻지를 마라
내게도 낭만은 있다
못 잊어 슬픈 연인도 있다
얼음처럼 녹아내리는 연인의 체온에
몸을 적시며 차가운 대지 위에 스러져 누워도
너 하나만으로 따뜻할 수 있는 기억
모든 것이 꿈만 같은 지금에도
꿈처럼 너는 내 안에서 살아
하늘 아래 같은 바람을 맞으며
땅 위에 같은 흙을 밟고 살아도
두 번 다시 만날 수 없는 인연이라면
그것이 너와 나의 전부라면 더는 울지 않으리
네 눈물을 알면서도
그 눈물마저 닦아 줄 수 없을 때
네 안에 내가 있다면 내 가슴을 열어보라
끈적이며 돋아난 진액의 덩어리는
너를 다 갖지 못해 굳어버린 아픔의 흔적이다

4

풀잎 같은 손끝으로 기타를 치던 한때

팝송을 즐겨 부르던 풀밭에서

처음 술을 배우고 담배를 배우던 날

그 처음 날의 벗들아

벌써 떠나간 벗도 있더란 말이냐

젊은 바다에 누워 하늘을 바라보며

흰 구름을 타 보고 싶다던 꿈을 따라

일찌감치 길을 떠난 것이더냐

세상을 알기도 전에

알아버린 우정이 왜 이렇게 가슴 아플 일인가

무일푼인 모습으로도

네 앞에서는 가득한 행복으로 채워졌고

너와 함께 있으면

시름은 바람처럼 사라져 갔는데

어둔 흙 속에 널 묻어두고 도무지 믿을 수 없어

하얗게 목이 쉬도록 불러보는 이름

듣고 있니 내가 널 부른다

다시 살아서 돌아와

우리 아직은 아니잖아

5

저녁이 별을 안고 내릴 때면
꿈을 따던 사람들은 어둠 속으로 사라져
저마다 화려한 불빛으로 켜지는데
뒷주머니에 손을 꽂고 찾아간 그곳에는
인생의 잔을 기울이며
사람의 노래를 부르는
몇몇이 그래도 남아 있더란 말이다
세월의 잔 위로 내려앉는 삶의 무게가
둥글게 둥글게 퍼지는 파장으로
먹을 만큼 먹은 나이로 차오르는데
갑자기 가슴에서 파도가 치는데
삶의 바다가 되어 출렁이는 그 잔에는
외기러기처럼 작은 돛단배가 떠가는데
어둠을 헤치고 환히 비추는 등대는
조금만 더, 조금만 더 오라고

# 중년에 당신을 사랑한 죄

우연히 만난 당신이
생전에 낯선 당신이, 낯익어 보였다면
그것은 당신과 내가 알지 못하는
오래전 인연의 끈이
아직 끊어지지 않았기 때문일까요
다하지 못한 인연이
어느 날 갑자기 나타나
우연으로 포장된 필연이라 해도
그때는 이미
집으로 돌아가야 할 시간이었어요

그로 하여 나는
당신의 구름을 하늘로 날려 보내고
날마다 그 구름이 흘러가는 것을 보면서
자리를 털고 일어나지 못하는
검도록 슬픈 눈물이 되고 말았지요
하늘가에 떠돌던 긴 눈물이
먹구름처럼, 당신의 구름 속에 머물다
쏟아지는 비가 되어 내리고
열병처럼 앓다가 바다에 드러누운

저 산만한 그리움은 큰 꽃잎 되어
세찬 바람을 안고 휩쓸려도
한마디 울음조차 못내 감춰야 했던 것은
중년에 당신을 사랑한 죄인 까닭입니다

# 중년의 회상

1

강 건너
저 산 위에 삶이 있는 줄 알았다
깊고도 푸른 강을 건너
높은 산을 오르는 것이 살아가는 일인 줄 알았다

키보다 깊은 강물의 출렁임
거부할 수 없는 그 무게와 부피에
남아 있는 호흡이 가파와도
저 강을 건널 수만 있다면
저 산을 오를 수만 있다면, 그곳에서
천국의 새를 만나고, 숲을 만나고
훨훨 날으는 행복을 만날 줄 알았다

불혹을 걸어 지천명에 닿아도
높은 산보다 더 높은 욕심아
깊은 강보다 더 깊은 흔적만 남겼구나
건너지 못할 강둑에 서서
이순, 아니 그 이후에도 못 오를 저 산을 바라본다
그런데 어디에서도 하늘은 하나구나

거품처럼 사라질 꿈일지라도
그것을 의지하고 그리고 믿으며 살아왔다
언제나 저 바다에 배를 띄우고
보이지 않는 항구를 꿈꾸며
끝없는 항해를 시도했지

무슨 욕망을 더 갖겠는가
하늘의 표정이랄까, 바다의 마음이랄까
중년이 되어가는 나이에
얼만큼의 고독과 외로움을 뉘고, 인생이라는 집
그 집에서 힘겨운 여로는 고요히 쉬고 싶다

아무래도 과거의 내가 아니기에
무엇을 봐도 이제는 아름답고 사랑스럽지만
그럴수록 사람의 나이에 스며드는 것은
왜 이렇게 외로운 것인지
세상은 내게 덤을 주지 않았거늘
외로움은 왜 덤으로 오는 것인지

시간은 빠르고 나이는 들어만 가는데
무엇 하나 제대로 이룬 것도 없이
나의 존재를 생각해 볼 겨를도 없이
오늘도 날은 지고 밤은 또 오는가

3

버려야 할 것들은 버려야 했다
포기해야 할 것들은 포기해야 했다
잊어야 할 것들도 잊어야 했다
그래도 남은 것들이 아직은 많아
언제쯤이나 가벼워질 수 있을까

새벽꿈에 맥박이 뛰고
아침 공기에 다시 꿈을 마시며
가로수 길을 누빈다. 오늘도 짙푸른 가로수 그늘에서
땀을 식히며 복잡한 하루의 이야기를 꺼내
다시 읽어보고 지울 것을 지우려 애를 쓴다

삭제라는 것, 말처럼 쉽지 않은 것
그래도 웃음 짓게 하는 몇 가지들이
용기로 남아 퍼덕이는 하늘, 그 푸른 하늘에
죽어도 용기만은 살아남고 싶다

4

왜 그랬을까

그때 왜 그렇게 화가 났을까

아침이 오면 아무것도 아닌 것들에

스스로 묶여 얼굴을 붉혔던 후회

한때 빠져나올 수 없어 힘겨웠던 공간에서

삶의 면적을 넓히려 얼마나 깊은 고뇌를 했던가

허허로운 욕망에 써버린 시간들

만에 하나라도 돌려받을 수 있다면

유유히 날으는 새들과 푸른 노래를 부르리

갓 피어난 꽃들에게 말을 건네리

어제 내린 비, 그 오후의 무지개가 참으로 아름다웠노라고

# 중년의 바다, 그 바다의 여름

중년의 바다, 그 바다의 여름에는
갈매기 날으는 그 하나의 이름이 있고
먼 섬으로 그리운 그 하나의 얼굴이 있고
파도를 넘는 그 하나의 몸짓으로 내가 있다
숲으로 둥둥 떠 있는 푸른 섬이 되어
구름이나 새, 그 외 바람이나 닿음직한
바다 한가운데 단단한 섬이 되어
우뚝 서 있는 지금의 나이를 중년이라 하던가

그 바다의 바람에는 기타소리가 들린다
한 줄 한 줄 뜯어내는 손가락 사이로
잊었다 한 노래가 다시 바다가 되고
흘러간 음표들이 파도로 출렁이며
바위에 부딪히는 소리
철썩이며 세월 두드리는 소리
한 해가 밀려오고 또 밀려가는
수없는 반복의 시간들이 하얗게 지워지면서

오랜 바다에도 추억이라고 할 만한 게 있지
시원한 밤바람에 별들이 내려오고

젊은 노래는 검은 바다의 춤추는 별빛으로 흘렀지
짙은 홍갈색 모닥불을 피우고
타박타박 장작불 타는 소리, 매캐한 연기 속
아른거리며 피어오르는 그녀와
사랑이 아니더라도, 꼭 사랑이 아니더라도
적당히 젊음을 흥정하고 싶은 밤이었지

그만큼의 시간으로
그만큼의 낭만을 사 본 적이 있었을까
아, 아, 그렇다 해도
이상만으로는 이룰 수 없는 꿈이더라
낭만만으로는 살 수 없는 세상이더라
그래서, 그래서, 지금까지 그래서
삶이라는 것과는
그날 밤 그녀처럼 적당히 흥정해 버릴 수는 없었다

# 중년의 외로움으로 내리는 비

새털 같은 시간들이
한 움큼씩 머리카락처럼 빠져나가네
숭숭 구멍이 뚫린 가슴으로
삼베같은 비가 내리고
허옇게 보이는 맨살을 타고
콧잔등이 시큰하도록 불어오는 허무네
지나고 보니 솔바람같은 세월이었다

싸리비로 빗물을 쓸던 아버지가 생각나고
우산을 들고 기다리던 어머니가 그리워진다
흘러가버린 시간의 뒷모습이 젖어가고
외로움에 차가운 빗물이
서글픔에 뜨거운 눈물이
온기가 다른 두 액체가
하나로 흐르는 속내를 누가 알 것이냐
아무도 기다려주지 않는 비오는 거리에서
남겨진 것이라고는 흠뻑 젖은 홀로였을 뿐

고독하더라도 진실이 좋았기에
하늘은 흐려도 맑은 눈을 가지고 싶었고
바람은 추워도 따뜻한 손을 지니고 싶었다
폭우가 쏟아지는 막다른 골목길에서도
거짓은 싫었지. 그저 초연하고 싶었다네
지혜에 늘 목이 말랐다. 그래서
생각은 열었으되 입은 굳게 다물기로 했지
침묵을 지팡이로 장님처럼 살고자 했다네

살지 않았기에 아쉬움이고
더 살아야 하기에 외로움이다
이제 눈을 감았거늘 빗물은 왜 고여드는가
빗물 같은 사랑
빗물 같은 흔적
빗물 같은 눈물
빗물 같은 추억
빗물 같은 세월
마디마디 시려오는 천 갈래의 쓸쓸함이여!

# 중년에 만난 당신을 사랑하고

당신을 만난 것은 너무 늦은 시간이었어요
마음은 하나였어도
함께 걸어가기엔 난해한 길이었고
해는 저물지 않았어도
서로를 바라보기엔 조금은 어두웠어요

불빛이 켜지는 동안의 두려움에도
걷잡을 수 없이 사랑하고 싶었고
불빛이 꺼지는 순간의 보고픔에
견딜 수 없어 차라리 눈을 감았지만
그렇다 해도 오래 머무를 수 없는 서로였지요

진작에 만나지 못한 당신을 사랑하고도
애써 태연한 척했지만
사람을 보내야 하는 사람의 슬픔에
밤은 짙은 어둠의 낭떠러지에서
차가운 별바람을 뿌리고 있었어요

끝내 놓을 수밖에 없었던
손이 참 따뜻했던 당신이여!
그 후 한동안 열병을 앓고도
조용히 부르고 섰으면
메아리도 그리운 목소리여!

가끔 싸늘한 밤이면
당신의 이불을 덮고 잠이 듭니다

# 중년의 그리움처럼 비는 내리고

묻으며 살아왔다
잊으며 살아왔다. 때로는 버리며
그래도 늘 그리워하며
중년의 그리움처럼 비는 내리고
무엇이 이토록 텅 빈 가슴인가
하염없이 고여드는 이것을 어떻게 말할까

이만큼 살고 오늘처럼 비가 내리면
여태껏 살면서
어느 날에도 웃어준 적 없는, 먼 어제로
내가 두고 온 내가 그립다
내가 나를 그리워하는 것보다
쓸쓸한 일도 행복한 일도 없겠지만

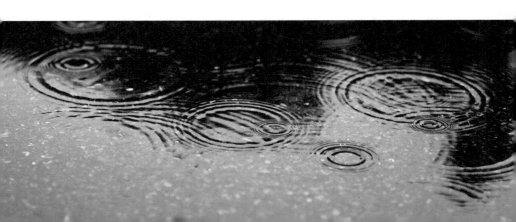

소리쳐 불러도 닿지 않는 그곳에
언제나 그대로 나는 서 있고
몸 따로 마음 따로
비처럼 그리움처럼 그렇게 흘러왔다
스스로 가볍지 못하여
쌓이는 무게로 내가 무거워
말라버린 자존심 빗물에 젖어가네

에메랄드빛 향수 강에 이를 때까지
흘러가는 빗물이 이런 마음일까
이제는 낮아진 어깨, 그 위로
중년의 그리움처럼 비는 내리고
아, 조금만 더 나를 사랑했더라면
한 번도 안아주지 못한 내 이름을

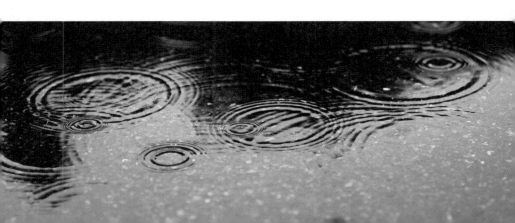

# 중년의 그리움 반
# 외로움 반으로 비가 내립니다

사람과 사람이 반쪽끼리 만나
사랑 반 미움 반으로 사는 동안
무수한 비를 만나고 그 빗소리를 듣습니다
여기까지 걸어온 발자국 소리처럼
창밖엔 반나절이나 비가 내리고
밀려오는 것은 그리움 반 외로움 반입니다

내리는 저 비를 바라보며
반이라는 말을 곰곰이 생각해보니
어언 나도 인생의 반을 꼬박 산듯 싶은데
내 무게의 반을 덜어 준 사람
그만큼 덜어주지 못한 아쉬움과 후회가
절반의 가슴으로 쓸쓸히 비가 되어 내립니다

높은 곳, 더 높은 곳을 향하는 우리에게
비는 잔잔하게 침묵의 가슴을 열고
멀고도 넓은 그 어디까지 닿기 위해
천천히, 자그마치 낮게 흐른다는 비가 전하는 말
젖은 바람으로 스치우는 저음의 빗소리
흠씬 뜨거운 눈물이 한줄기 빗물 같습니다

아름다움으로 반을 채우고
사랑하므로 반을 채우고
사람다움으로 반을 채워도
다 채우지 못하는
나머지 반이라는 숫자의 그리움과 외로움
떠나는 그날까지
운명처럼 남겨질 우리의 숙제이지 싶습니다

# 중년엔 이런 사랑을 하고 싶다

1

조용히 다가오는 사람의 뒷모습이 그립다

먼 산 노을빛이 내려앉은 토담집

빛바랜 나무의자에 앉아

저물어가는 저녁 해를 바라보며

가슴에 남은 꽃잎 한 장 있다면

그 사람과 꽃잎 띄운 술을 마시고 싶다

추녀 끝으로 개여울이 흐르고

풀벌레소리가 간간이 들려오는 초저녁

술잔을 기울이며

잔잔히 떨리는 꽃잎의 흔들림에

그 사람에게 조금씩 흔들리면 또 어떠랴

2
바라보기에 편안한 표정을 만나고 싶다

무엇이 외로운지

왜 외로운지도 모를

정체 모를 외로운 것들이

사람의 마음을 뿌리째 저미게 할 때

문득 전화로도 만날 수 있는

완벽한 친구도

완벽한 연인도 아닌, 그래서

그대로 봐주고

그대로 있어주고

그대로 느낄 수 있는

딱히 말이 필요 없는 그런 표정이라면

3

물소리가 들리는 가슴을 가까이에 두고 싶다

그 옛날 바라보던

하늘과 바다는 변함없이 푸른데

나이가 들어갈수록

소금기도 설탕기도 없는 가슴이 서글프고

무색무취한 삶이 마냥 서글픈 탓일까

숨소리가 꿈틀거리는 사람을 마주하고 싶다

정적을 벗어나

아직은 살아 있을 감정에 물을 채우고 싶다

4
손이 따뜻한 사람
잡으면 마음까지 따뜻해지는 체온을 느끼고 싶다
떠날 땐 혼자라도
살아 있는 동안엔
둘이 하나 되어 온기를 나누고 싶다
겨울이 오기 전에 낙엽이 된다 해도
서로의 곁에 나무처럼 서 있다가
추운 잠이라면
서로를 덮어주는 이불이 될 수 있겠지

# 어느 날의 비와 중년

다가갈 수 있을 만큼 비가 내리고
머무를 수 있을 만큼 빗물이 흐른다면
비바람이 종일 마음을 흔들어 놓는다 할지라도
걸어가는 이 길이 멀지만은 않으리라

살아가는 일은 쓸쓸하여
고요한 기쁨을 찾기 어렵다 해도
오늘의 어깨가 빗물에 젖어가도
늘 가벼운 옷을 입고 무게를 줄인다면
빈 꽃병에 물을 채우고 마음을 담을 수 있으리라

하늘이 높고 바다가 깊은 것은
우리의 가슴이 그러하기를
이 땅의 꽃이 아름다운 것도
우리의 모습이 그러하기를
어느 날의 비에 나무는 생각에 잠겼으리라

중년의 세월 동안 수많은 비를 만나도
아침이 햇살의 약속을 어긴 적 없듯
저녁이 어둠의 약속을 어긴 적 없듯
우리도 우리의 삶과
지켜야 할 약속 같은 것이 있으리라

그것은 마치
파란 신호등이 켜질 때까지
묵묵히 서서 기다려야 하는
평범하지만 소중한 약속 같은 것일 게다

# 중년의 가슴에 찬바람이 불면

날마다 덮는 건
밤마다 덮는 이불만이 아닙니다
떨어지는 꽃잎에 잊혀진 사랑도 덮고
소리 없는 가랑비에 그리운 정도 덮고
구름 위의 꿈도 덮고 산세 좋은 가슴도 덮습니다

오는 해는 늘 하늘에서 뜨는데
지는 해는 왜 가슴으로 내리는가
눈물이 나는 밤엔
별빛마저 흐려지니
침침해진 시야에 아득한 세월입니다

중년의 가슴에 찬바람이 불면
다가오는 것보다 떠나가는 것이 더 많고
가질 수 있는 것보다 가질 수 없는 것이 더 많고
할 수 있는 일보다 용기 없는 일이 더 많아
어제 같은 지난날이 그립기만 합니다

나이를 먹을수록
강물도 넘치지 않을 가슴은 넓어졌어도
그 가슴에 찬바람이 불면
왜 이렇게 눈물은 깊어만 지는지
지나온 세월이 그저 허무하기만 합니다

# 중년의 당신을 잊을 수 없어요

처음 당신의 초인종을 눌렀을 때
서슴지 않고 열어 준
당신의 실내는 아늑하고 편안했어요
창이 넓은 가슴, 잘 정돈된 표정
조금은 외로운 듯한 눈빛은 매력적이었지요

당신의 정원에 키 작은 꽃나무
밤늦도록 피어 있던
가을을 닮은 꽃 한 송이 기억하나요
내가 그 꽃 될 줄은
그때까지만 해도 예감치 못했습니다

당신을 만나는 날, 바람은
왜 그렇게 화려한 감성으로 불어오던지요
중년의 나이에
누가 들으면 웃긴다고 하겠지만
웃기는 그 사랑에 나는 울고 말았습니다

날마다 빨간 신호등을 보면서
위험한 건널목을 건너야 했던
당신과 나는 살얼음의 강을 지나
구름을 타고 바람으로 만나야 했지요
마치 무임승차한 사람처럼 불안한 여행이었어요

함께한 시간을 더듬어 보면
중년의 나이에 사랑을 한다는 것
얼마나 고독하고 두려운 일이던가요
처음부터 그럴 마음은 아니었지만
결국 소설 속 주인공이 되어 시를 쓰고 말았군요

어쩔 수 없이 저물어야 했을 때
우린 하늘도 몰라야 하는 노을이 되어
밤새 베갯잇 적시며 뒤척여야 했던가요
아, 이대로 아침이 오지 않는다 해도
어떻게 당신을 잊을 수 있을까요

# 중년의 가을

미련 없이 떨어지는 잎새처럼
시간의 진리 앞에 길들여지는 계절입니다
진리라는 것들에게서
자연이 내린 신의 기도를 배우고
진실이라는 것들에게서
당당한 자유와 그리고 고독한 몸부림도 느낍니다

먼 길 걸어온 세월이
거짓 없는 풍경을 그려내는 계절입니다
아름답고 싶었던 꿈들과
그 꿈의 푸른 날들이 넘나들던 젊음의 바다에
황금빛 고운 가을새가 날고
이제 막 산을 넘는 쓸쓸한 바람도 불고

그 쓸쓸함의 의미를
가장 고운 사람의 내음으로 전하고 싶습니다
사색에 젖어드는 시간이
점점 길어만 지는 계절의 어둠이 밀려오면
가장 따뜻했던 사람의 그림자에게
잠시 그 밤의 허전한 마음을 맡겨 봅니다

마주하는 눈빛으로
아끼며, 사랑하며 함께 열매로 익어가는 계절입니다
날마다 정이 든 사람의 손을 잡고
슬프지 않아도 눈물이 날 때면
눈물의 무게를 서로의 눈빛으로 덜어주는 계절입니다

# 중년의 당신이 울어버린 사랑

어느 날의 삶이 무거워
잠 못 이루던 그날 밤도 울지 않았다
바보야!
빈 술잔에 고독을 부어
통째로 삼켰어도 결코 눈물 흘리지 않았다

사과씨만큼도 남기지 않고
몽땅 털어서 다 줘버린 마음이다
당신을 잃어버린 빈털터리
눈물주머니를 찬 낙타가 되고 말았네
낙타의 등에 업힌 사막의 하늘이 노랗구나

아, 당신을 사랑하고 나는 나이를 잊었노라
가장 낮은 체온의 슬픔으로 잠든다 해도
가장 높은 체온의 열병을 앓는다 해도
이슬 내린 침상에 새벽이 찾아오면
당신은 감겨드는 담요 한 장의 따스함이었다

언젠가 인연의 세월이 길게도 흘러
그 끝에 묻어버린 영혼을 부를 때
내 간절한 목소리를 당신은 정녕 들을 수 있을까
소설 같은 사랑에 대해
드라마 같은 이별에 대해
신에게도 눈물이 있다면 나처럼 하얗게 울겠지요

# 중년의 가을, 그리움이 밀려오면

가뭄 끝엔 비가 그립고
비 끝엔 햇살이 그립더라
술을 마시면 여자가 그립고
여자를 만나면 돈이 그립더라

살며 사랑했던 기쁨과 슬픔이
막무가내로 달 밝은 울타리를 넘어설 때
몽땅 털어도 한 줌 밖인 가슴
무엇이 이토록 요동을 치는지

대낮엔 멀쩡히 환하다가도
밤이면 어쩔 수 없이 깊어지는 어둠
먼 바람이 오랜 강물을 거쳐 오면
눈물은 왜 봄날의 호수를 적시는가

오동잎이 떨어질 만큼이나
그립다 못해 쓸쓸한 것은
세월 너머 아쉬움으로 피는 꽃잎마다
홀로 울고 웃는 삶이 허무한 까닭인가

고요히 누운 가을밤

천장은 높고

손 내밀어 보면 떠나간 당신만큼이나 멀고

사람의 생각만 깊어지는 것은

세월의 발효 탓인가

덜 익은 마음 탓인가


중년의 가을나무여!

떠나고 보내야 하는 가지마다

그리움의 몸부림이 얼마나 아프면

껍질이 단단한 채로 갈라지겠습니까

# 중년에 마시는 커피 한 잔의 그리움

당신이 비어 있는 커피잔에 사랑을 타고
당신이 남아 있는 기억으로 그리움을 마시면
한 모금의 따스함은 못 잊을 당신 같고
두 모금의 쓸쓸함은 지나온 세월 같아
한자락 짙은 외로움이 갈잎처럼 불어옵니다

어느 날의 오후를 닮은 갈색 커피잔에
은은한 여운으로 흐르는
얼만큼 힘겨운 삶과 한동안 아팠던 사랑
쓴맛 단맛 다 겪은 중년이 되고 보니
이제는 모두 그립기만 한 옛 향기의 아련한 전율

삶의 무게만큼

사랑의 깊이만큼 스며드는 커피향

꿈결 같고 첫사랑 같은 낭만을 마시면

어디론가 훌쩍 떠나고 싶은 하루

가슴 한켠 이토록 진한 향기로 다가오는 것은 왜일까


한 손에 커피잔을 들고

한 손으로 더듬어 보는 생애 뒤안길

돌아갈 수 없는 그 자리에 고요히 서면

안개처럼 밀려오는 흐릿한 그 모습, 그 풍경들

어제 같은 지난날이 찻잔 속의 아득한 향기로 피어납니다

# 중년의 가슴에 낙엽이 지면

쓸쓸합니다
성큼 다가선 나이 앞에 낙엽이 지면
새처럼 구름처럼 노래하던
내 젊은 날의 자유 같은 꿈, 그 퍼덕이던 날갯짓은
허공으로 나부끼는 갈잎 한 장에 실려오는 바람이런가

조그많게 접어둔 기억 속으로
마른잎 적시는 밤이슬 내리면
저리도록 걸어온 발자국 소리에 잠 뒤척이네
무덤처럼 쌓여가는 한아름의 허무
무슨 재주로 지는 낙엽을 비켜갈 수 있겠는가

얇아지고 추워지는 마음은 서글퍼라
마주앉은 회상으로 불을 지피고 싶은데
말은 있어도 사람이 없는 빈터
생각은 한편의 기도처럼
두 손을 잡고 나를 놓아 주지 않는구나

앉아 있기보다 서 있을 때가 많았고
아침의 기쁨보다 저녁의 슬픔이 많았어도
앞만 보고 무작정 걸어온 꿈만 같은 세월
가을산 노을빛에 저물어가는 내 청춘아
무슨 재주로 오는 밤의 어둠을 막을 수 있겠는가

# 당신은 중년에 핀 아름다운 꽃입니다

그 밤을 다 걸어야 비로소 새벽을 만나는 어둠처럼
그 그늘과 바람을 다 견뎌야 탐스럽게 열리는 포도송이처럼
삶을 발효시킨 인내의 즙이 한 잔의 포도주가 되기까지
당신이 가슴으로 삭힌 노래를 누가 알기나 할까요
남모를 시린 날의 외로움을 그 누가 짐작이나 할까요
알 수 없는 생의 그리움을 달래며 꿈속에서도 꿈을 키운
당신은 세월 속에 핀 구슬 같은 눈물의 꽃입니다

많은 밤을 달빛에 젖으며 지새워야 했던 고독과
홀로 깊은 어둠을 섬기며
자신을 지키는 기도를 잊지 않았던 고적한 독백이
아늑한 보금자리를 찾아 나그네처럼 헤맸을 방황
그래도 한 폭의 그림 같은 당신의 풍경이 아름다운 것은
바람의 옷을 입고 물 위를 걸으면서도
진실과 순수의 꽃향기를 결코 잃지 않았기 때문입니다

진정 삶의 멋과 맛을 아는 중년의 모습이란
마음의 꽃잎이 부드럽고
생각의 향기가 정직하고
행동의 가지마다 잘 정돈된 성숙의 나이테
말이 아닌 마음으로 온정을 전하며 기억하며
받기보다 나눌 줄 아는 여유로움에서 오는 것

인생이란 노트에 오늘도 산뜻할 것 없는
하루의 이야기로 쓸쓸히 여백을 채우지만
비가 내리면 풀잎처럼 젖을 줄 알고
눈이 내리면 아이처럼 기뻐할 줄 아는
세월은 흘러도 여전히 산세 좋은 꽃가슴 당신이여!
당신은 중년의 뜰에 핀 아름다운 연륜의 꽃입니다

# 중년의 세월

눈물이 보이지 않는다 해서
울지 않는 것이 아니다
어느 바람에도 불지 못한
낙엽 한 장 가슴으로 품고
저 노을 따라 홀로 걸어 갈 뿐이다

저녁으로 가는 언덕에 서면
가끔은 보석 같은 삶에 미안도 하여
다시 보듬어 보는 중년의 세월
나를 지키면서 묵묵히 걸어 온 길이야
저 산 넘고 넘는 구름 같은데

저녁 해는 왜 점점 나를 닮아가는가
어디선가 나뭇잎 떨어지는 소리에
나는 자꾸만 자꾸만 얇아져 가네
주머니 속으로 손을 넣어 보면
그래도 남아 있는 뽀얀 아침 햇살

봄에도 꽃잎 지던 어느 날엔
더러 눈물이 보이기야 했겠지만
열두 광주리 햇살에도
녹이지 못할 아픔이 있거들랑
저 노을 뒤로 묻어 두고 갈 일이다

아, 바람은 오늘도 당신을 보내오고
그리움은 언제나 노을로 내리는가
무엇을 꼭 두고 온 듯하여
뒤돌아보는 다시 그 길엔
늘 그때처럼 당신이 서 있고
늘 지금처럼 나는 바라보네

# 겨울밤, 중년의 쓸쓸한 고백

외로움의 부피로
지는 낙엽의 눈물을 보았노라

고독의 깊이로
겨울밤의 침묵을 배웠노라

세월의 무게로
쌓인 눈의 가벼움을 알았노라

바람을 베고 누운 쓸쓸한 밤
내가 덮고 자는 건
이불이 아닌 그리움이다

# 중년의 겨울밤 1

겨울밤이 깊기로 내 마음만 할까
바람 따라 불고 강물 따라 흘러
얼마나 걸어온 것일까
어떻게 살아온 것일까
늘 어디론가 떠나야 하는 초로의 나그네처럼

어느 날의 하루는
아무도 모르는
혼자만의 고독한 눈물도 있었다네
이 밤이 어둡기로 그만이야 할까
집도 절도 없는 외로운 이방인처럼

겨울밤이 길기로 떠나간 당신만 할까
아직도 다 묻지 못한 사랑
또다시 그리워져도
한낱 눈물 속에 흐르다 말
겨울 강에 비치는 초승달 같은 사람이여!

꿈에라도 나룻배 되어
당신을 싣고 차가운 강을 건너는
중년의 겨울밤
여름 하늘을 덮고 잠을 청한대도
춥기만 한데

아!
겨울밤이 춥기로 못 잊을 당신만 할까

# 중년의 겨울밤 2

꽃 지고 낙엽도 진 빈터에
초대하지 않은 썰렁한 바람이 지나면
깊은 밤 비집고
소리없이 들어서는
가슴 후비는 쓸쓸함에
중년의 겨울밤은 외롭기만 합니다

바람 앞에 등잔 같은
아련한 그리움
앙상한 가지에 눈꽃으로 피고
달빛 젖어 더 하얀 눈꽃이
바람에 날리어 가슴까지 덮어도
저린 그리움 가눌 길 없습니다

옷고름 풀지 못한 사랑
또다시 그리워져도
한낱 눈물 속에 흐르다 말
겨울 강에 비치는 초승달 같은 사람이여!

꿈에라도 나룻배 되어
당신을 싣고 차가운 강을 건너는
중년의 겨울밤
여름 하늘을 덮고 잠을 청한대도
춥기만 한데

차라리 눈을 감고
꿈에라도 시린 가슴 녹이고 싶은
중년의 겨울밤은 잠들지 않습니다

# 중년의 당신을 사랑해도 될까요

늘 등을 기대고 누웠던 밤하늘
마음 닫힌 창문 사이로 달빛이 찾아드니
곧은 내 그림자가 휘어질 수밖에요
당신의 인기척 소리에
고요한 내 잎새들 하늘하늘 떨다가
그만 흔들리는 어둠을 만나고 말았지요

기름이 없는 등잔에 성냥불을 켜고
당신의 표정 밖에서 서성거리는 눈빛
내겐 분명 사건입니다만
중년의 당신을 사랑해도 될까요
아니 된다 한들
이미 당신을 향하여 걸음을 시작했습니다

신은 우리에게

단 하나의 삶과

단 하나의 목숨만을 허락했지만

단 하나의 사랑만을 허락하진 않았어요

그러하니 내 고백을 모른 척 하지는 말아요

다른 신은 몰라도 사랑의 신은 내 편일 거라 믿어요


언제나 섭섭한 바람만 불어대고

따뜻한 옷 한 벌 없어 얼얼하기만 하던 냉가슴

시린 그리움이 맨발로 불어와도

이젠 당신을 사랑하는 마음에 행복합니다

선뜻 내밀지 못하는 나이지만

중년의 당신을 사랑해도 될까요

# 중년에 당신과 사랑을 했습니다

어디선가 스친 듯한 모습
낯익은 말투
어색하지 않은 분위기에
말하지 않아도 알 수 있는 마음을
서로 느꼈던 것일까요

당신을 사랑하게 될 것 같은 예감이
두려움과 행복으로
물밀듯 밀려올 때
두려움보다 당신을 사랑하는 감정에
솔직하지 않을 수 없었습니다

어디선가 스친 듯한 모습에서
당신을 짐작하고
낯익은 말투에서
오랜 연인 같은 편안함을 느꼈고
어색하지 않은 분위기에
다가갈 수 있는 걸음이 쉬웠습니다

곁에 있어도 없어도
사랑을 표현하지 못하고
눈빛만 바라보는 것은
원숙한 세월 탓이라 할지라도
여름날의 태양보다 뜨거움을 나는 압니다

더 이상 없을 줄 알았던
예감치 못한 사랑은
큰 그 무엇을 되찾아 주었고
꿈틀거릴 수 있는 가슴이 있음을 알게 한
기막힌 한편의 러브스토리였습니다

영화의 한 장면처럼
눈 속에서 뒹굴며 웃기도 하고
비가 오는 날에는
비처럼 내리는 가슴을 쓸어안고
아무도 몰래 이별 연습을 해야 했습니다

말하지 않아도 알 수 있는 마음
그것만으로도 당신과 나는
사랑하기에 충분했지만
절절한 가슴 억누를 수 없음을 알았을 때
걷잡을 수 없는 두려움이 함께 찾아왔습니다

눈물을 감추고 보내야 하고
고개를 숙이고 떠나야 하는
오직 사랑만으로 행복했던 날들
그러나 침묵할 수밖에 없는
중년에 당신과 사랑을 했습니다

# 중년의 당신이 아름다울 때

들길을 걷다 보면 이름 모를 꽃들이 참 많습니다
우리의 일상처럼 작고 소박한 꽃들이
산들산들 바람을 타고 웃음 지을 때
살며시 손을 내밀어 볼을 쓰다듬으며
아무도 불러주지 않는 예쁜 이름 하나 지어주고
한참을 앉았다가 그리고 돌아오는 길에는
가만히 그리워 어루만져보는
여느 때와 다른 무엇이 뭉클하도록 남아 있습니다

사람들이 알지 못하는 이름 모를 꽃에게
그 하나의 이름을 불러주고
오늘은 그 꽃과 인연을 맺었으니
굽이굽이 간직하지 못한 사람만이 인연이 아니고
눈에 비치는 모든 것
마음으로 스치는 모든 것들이 다 인연인 것을

나이가 들수록 이름 모를 꽃이, 그 꽃빛이 더 예쁜 것은
놓아버린 인연의 애잔함 때문일까
앞뒤 세월에 꽃은 만발하여도
어쩌다가 꽃잎의 나이로 살지 못하고
기억 속에 새겨진 그토록 반가운 사람들, 그리고
눈물 나도록 아름다운 꽃을 보면서도
마음의 꽃이 되지 못하여 가끔은 서글픈 사색

잊혀져간 하나하나의 꽃 이름을 떠올리며
스쳐간 인연들을 고운 가슴으로 담을 수 있기를
조금만 더 서로의 다름을 이해할 수 있기를
무릇 완전하지 않은 사람이라
지극한 사랑의 감동에도 늘 목말라하는 탓이요
진실과 믿음을 주고받으면서도
흔들리는 갈등에 중심을 잃고 후회하는 탓이요

언젠가 당신이 보여준 그림이
왠지 흐트러져 보여
설령 마음에 들지 않더라도
이제는 조용히 당신을 부르며 웃을 수 있습니다

# 중년에 사랑해버린 당신

중년에 당신을 마주하고
유혹의 바람을 재우지 못한 채
사랑의 이유가 돼버린
새벽 끝에 반짝이는 별 하나
그만 아린 가슴에 심고 말았습니다

길이 아닌 길이 없고
사랑 아닌 사랑이 없다 해도
이유 없는 이유로 하여
아침이 오기 전에 떠나야 했던
첫 하늘이 내린 새벽이슬 같은 당신

당신을 사랑할 수밖에 없었던 이유
그 이유에 복종할 수밖에 없었던 운명

그리고 그 운명 앞에서
당신과 나는 서로에게
이젠 그리움의 이유가 되고 말았습니다

어느 땐 바람처럼 사라지고 싶었고
어느 땐 바람처럼 불고도 싶었지만
사라질 수도
또다시 불 수도 없었던
중년에 사랑해버린 당신

어느 것도 될 수 없고
아무 것도 할 수 없을 때
당신 향한 꿈길마저
하얗게 탈색된 슬픔으로
밤은 언제나 철저한 아픔이었습니다

당신과 나 사이에
밤마다 높은 울타리를 세우고도
스스로 그 울타리를 넘어가는
알 수 없는 사랑
알 수 없는 마음

방황하는 거리엔
눈이 내리고
비가 내리고
그 미로의 늪에서 차라리
돌아올 수 없는 방랑의 길을 떠나고 싶습니다

당신을 사랑할 수밖에 없었듯이
당신을 보낼 수밖에 없었던
새벽 끝에 매달린 이슬 같은 당신
다시 아침이 오고, 우린
서로에게 외로움의 이유가 되고 말았습니다

# 중년엔 누구나 외로운 별인가

저 별의 반을 내가 심었지
그 하나의 별을 심을 때마다
내 가슴은 온통 하늘이었지

별 하나의 사랑에 눈물이 흐르고
별 하나의 그리움에 낙엽이 지고
별 하나의 추억에 세월이 저무노라

저 별의 반을 내가 심는 동안
꿈이여, 꿈일 줄 몰랐다
사랑이여, 외로울 줄 몰랐다
삶이여, 허무할 줄 몰랐다

저 별의 반을 내가 심고도
그 하나의 별을 따올 수 없어
중년엔 누구나 외로운 별인가

# 중년의 사랑, 불륜인가 로맨스인가

사람들은 말하지
남이 하면 불륜이고
내가 하면 로맨스라고

솔직히 말하면
걸리면 불륜이고
안 걸리면 로맨스지

# 인생은 마라톤

오르막이 있으면 내리막이 있습니다
한 걸음 한 걸음 쉼 없이 달려왔습니다
중도에 포기하고 싶은 순간도 있었지만
자신에게 긍정의 마법을 걸며 달렸습니다

그 순간 가슴 속에 차는 맑은 공기가,
아름답게 펼쳐지는 세상 풍경들이,
더없이 짜릿한 행복으로 다가왔습니다

된다 된다 모두 잘될 것이다 상상하면
아무리 힘든 순간에도 행복할 수 있습니다
그렇게 긍정과 행복의 에너지를
세상 사람들에게 전파하며 살아가겠습니다

# 긍정의 힘

– 권선복

우리 마음에 긍정의 힘을 심는다면
힘겹고 고된 길 가더라도 두렵지 않습니다.

그 어떤 아픔과 절망이 밀려오더라도
긍정의 힘이 버팀목 되어 줄 것입니다.

지금 당신에게 드리겠습니다.
열린 마음으로 받아들일 수 있는 긍정의 힘.
두 팔 활짝 벌려 받아주세요.

당신의 마음에 심어진 긍정의 힘이
행복에너지로 무럭무럭 자라날 것입니다.

# 행복을 부르는 주문

- 권선복

이 땅에 내가 태어난 것도
당신을 만나게 된 것도
참으로 귀한 인연입니다

우리의 삶 모든 것은
마법보다 신기합니다
주문을 외워보세요

나는 행복하다고
정말로 행복하다고
스스로에게 마법을 걸어보세요

정말로 행복해질 것입니다
아름다운 우리 인생에
행복에너지 전파하는 삶 만들어나가요

# 행복한 마을

– 권선복

할아버지가 끄는 무거운 손수레를
뒤에서 함께 미는 아이들에게
웃음소리 들립니다

느티나무 그늘 아래 할머니로부터
옛날 이야기 듣는 아이들에게
웃음소리 들립니다

환하고 아름다운
아이들의 웃음소리
맑은 물처럼 샘솟습니다

어른을 따르고 공경하는 아이들
사랑스런 아이들을 향한 어른들의 미소
웃음소리가 가득한 행복한 마을

## 청춘보다 아름다운 '중년'에게
## 힘찬 행복에너지 팡팡팡 보내드립니다!

– 권선복(도서출판 행복에너지 대표이사,
대통령직속 지역발전위원회 문화복지 전문위원)

　　사람들은 흔히, 인생에서 가장 아름다운 시기는 '청춘'이라고들
말합니다. 신체적, 정신적 능력이 가장 탁월한 20대 청춘이야말로 우
리 인생에 있어 가장 환하게 빛이 나는 시절일 것입니다. 하지만 평균
수명이 늘어나고 4, 50대 이후에도 많은 이들이 사회생활을 활발히 이
어가는 요즘에는, 과연 진정한 청춘이란 무엇인가 하고 되돌아보게 됩
니다. 청년들 못지않은 두뇌 회전과 정력으로 사회 전반에서 왕성한
활동과 괄목할 만한 성과를 이루어 내며, 세간을 칭송을 받는 중년들

또한 적지 않습니다. 그들이 보여주는 삶의 모습은 청춘을 넘어서는, 아름다운 풍경으로 여기저기에서 빛을 발하고 있습니다.

이채 시인의 제8시집 『중년의 고백』은 노을이 물드는 가을날 들판을 수놓은 코스모스처럼, 어딘지 수줍은 모습이지만 한편으로는 당당한 중년의 고백들을 담아내고 있습니다. 이미 제7시집 『마음이 아름다우니 세상이 아름다워라』가 2014년 세종도서에 선정되며 문학적, 대중적으로 실력을 인정받은 시인의 이번 시집은, 전작을 넘어서는 통찰과 혜안, 관능미로 가득합니다. 중년이 되어야만 비로소 얻을 수 있는 깨달음이 따스한 감동으로 독자의 마음에 은은히 퍼져 흐릅니다. 이 중년을 위한 찬가는 중년의 부흥기를 맞이한 대한민국과 현 시대를 대표하는 기념비적인 시집이 될 것을 믿어 의심치 않습니다.

그 어느 때이든 삶은 아름답습니다. 다만 시기가 되어야만 반드시 보고 느낄 수 있는 아름다운 삶의 풍경은 따로 있습니다. 나이 먹어감을 서글퍼하던 중년들이 이 책을 통해 스스로의 삶을 다시 한 번 돌아보고, 인생을 제대로 즐기게 되는 계기를 마련하기를 바랍니다. 또한 이 책을 읽는 모든 독자 여러분의 삶에 행복과 긍정의 에너지가 팡팡팡 샘솟으시기를 기원드립니다.

'행복에너지'의 해피 대한민국 프로젝트!

## 〈모교 책 보내기 운동〉 〈군부대 책 보내기 운동〉

한 권의 책은 한 사람의 인생을 바꾸는 힘을 가지고 있습니다. 한 사람의 인생이 바뀌면 한 나라의 국운이 바뀝니다. 그럼에도 불구하고 많은 학교의 도서관이 가난하며 나라를 지키는 군인들은 사회와 단절되어 자기계발을 하기 어렵습니다. 저희 행복에너지에서는 베스트셀러와 각종 기관에서 우수도서로 선정된 도서를 중심으로 〈모교 책 보내기 운동〉과 〈군부대 책 보내기 운동〉을 펼치고 있습니다. 책을 제공해 주시면 수요기관에서 감사장과 함께 기부금 영수증을 받을 수 있어 좋은 일에 따르는 적절한 세액 공제의 혜택도 뒤따르게 됩니다. 대한민국의 미래, 젊은이들에게 좋은 책을 보내주십시오. 독자 여러분의 자랑스러운 모교와 군부대에 보내진 한 권의 책은 더 크게 성장할 대한민국의 발판이 될 것입니다.